Xena, der kleine Räuber
Richard Zelenka

Endlich! Das Rentnerdasein rückt näher. Richard wird bald viel Freizeit und Muße haben. Viel mehr als je zuvor. Was fange ich damit an?, fragt er sich. Klar, es gibt viele Dinge, die er machen wollte: lesen, malen, Sprachen lernen, Sport treiben. Aber wer hat schon Lust, acht Stunden am Tag zu lesen oder Fahrrad zu fahren?

Das Grübeln findet ein jähes Ende. Ein Anruf von Tochter Lea ändert alles. „Wir haben einen Hund. Er sitzt hinten im Auto", verkündet sie auf der Rückfahrt von einem Wochenendtrip. Richard wird klar: Sein Leben wird eine radikale Wende nehmen. Ein schwarzer Jagdhund mit dem Namen Xena wirbelt das Familienleben gehörig durcheinander. Richard ist ein Hunde-Neuling. Trotzdem stellt er sich mit 66 Jahren der Herausforderung.

Doch schon die erste Gassi-Runde wird fast zum Desaster. Xena büxt ohne Vorwarnung aus und kommt fast unter die Räder. Zum Glück gibt es ein Happy End. Es ist nur ein Auftakt zu einer turbulenten Zeit voller Abenteuer. Bei ausgedehnten Touren erlebt Richard das späte Glück mit einem Hund an seiner Seite. Er erzählt faszinierende Geschichten, die zum Lachen und zum Weinen anregen.

Richard Zelenka wurde im Februar 1952 in Prag/Tschechoslowakei geboren. 1966 flüchtete seine Familie 1966 in die Bundesrepublik Deutschland, wo sie eingebürgert wurde. Nach dem Abitur studierte er in Göttingen Slavistik und Publizistik. Anschließend war er über 35 Jahre Redakteur bei verschiedenen Tageszeitungen in Ostwestfalen-Lippe. Seit 2017 ist er im Ruhestand und lebt mit seiner Familie in Rheda-Wiedenbrück/Kreis Gütersloh.

Richard Zelenka

Xena, der kleine Räuber

Das späte Glück mit einem Hund

Bibliografische Information der Deutschen Nationalbibliothek:
Die Deutsche Nationalbibliothek verzeichnet diese Publikation in der Deutschen
Nationalbibliografie; detaillierte bibliografische Daten sind im Internet über
http://dnb.dnb.de abrufbar.

Herstellung und Verlag: BoD – Books on Demand, Norderstedt

ISBN: 978-3-3755-7375-99

„Behandle dein Haustier so, dass du im nächsten Leben ohne Probleme mit vertauschten Rollen klarkommst."

Pascal Lachenmeier

Inhalt

Wie alles begann

Mein neuer Freund

Endlich! Er ist da. Mein neuer Freund. Es ist eine sie. Eine junge Hündin. Sie heißt Xena und ist knapp zwei Jahre alt. Den Namen finde ich ein bisschen komisch, aber so steht's in der Ahnentafel. Also was soll's? Wir werden uns schon

Wacher Blick: Xena auf einem Baumstamm im Stadtholz, von mir in Acryl und Öl gemalt.

die passenden Kosenamen für die kleine Schwarze ausdenken. Wie wäre es mit „Hündli?", fällt mir spontan ein. Für den Anfang klingt das ganz niedlich. Es werden bald viele andere dazukommen. Ein bisschen schüchtern und unsicher sitzt sie vor uns. Aber die wachen kastanienfarbigen Augen blicken neugierig und ein wenig frech in die neue Welt. Man sieht, dass sie es faustdick hinter den langen Schlappohren hat.

Mir gefällt das schwarze Hündchen auf Anhieb. Nicht zu groß und nicht zu klein, ein muskulöser Körper, wohlproportioniert, das dichte schwarze Fell glänzend mit braunen Zeichnungen auf dem Bauch und an den Pfoten. Xena ist eine wahre Hundeschönheit, muss ich zugeben. Ich freue mich schon beim ersten Date über den tierischen Familienzuwachs. Mir wird klar, dass unser Leben von nun an eine Wende nehmen wird. Und zwar radikal.

Dieses Gefühl trügt nicht. Es wird anstrengend. Richtig anstrengend. Aber auch schön. Auf uns warten viele gemeinsame Abenteuer. Und ich freue mich darauf. Es ist eine Herausforderung, der ich mich auf meine alten Tage stellen will. Koste es, was es wolle. Das Temperamentsbündel mit der feinen Nase hat ein neues Rudel gefunden. Seitdem ist nichts mehr so, wie es vorher war. Xena wirbelt das Familienleben gehörig durcheinander. Vor allem das meine.

Auf den Hund gekommen

Er ist auf den Hund gekommen - diese Redewendung verheißt nichts Gutes. Wer auf den Hund kommt, dem geht es meist nicht gut, er ist krank oder verarmt. Auch ich bin auf den Hund gekommen. Das sagt man so. Zwar klage ich hier und da über Wehwehchen und Zipperlein. Die sind aber eher altersbedingt. Mit 68 Jahren bin ich schon ein ziemlich alter Knochen. Aber richtig krank? Wenn ich wieder einmal morgens humpelnd zur Tür hereinkomme und über meinen schmerzenden Rücken oder meine brennenden Waden klage, dann verdreht meine liebe Frau Angie die Augen. Sie spricht es nicht aus, sie hält mich aber für einen notorischen Hypochonder.

„Stell dich nicht so an. Du hast auch immer was. Ruf doch Claudia an", sagt sie dann.

Claudia ist unsere Familien-Osteopathin. Man erzählt, sie habe goldene Hände, mit denen sie alle Gebrechen im Nu heilen könne. Die Diskussion um meine Krankheiten ist damit beendet. Mir geht es plötzlich wieder besser. Diesen Zuspruch brauche ich einfach für einen neuen Tag voller Abenteuer - mit einem Hund an meiner Seite.

Von null auf Hundert

Bis vor Kurzem führte ich an Angies Seite ein ziemlich beschauliches Leben eines Ruheständlers, das recht angenehm, aber, wie ich zugeben muss, manchmal etwas langweilig und eintönig war. Hier und da ein schöner Urlaub, viel Muße und Freizeit, garniert mit ein bisschen Sport, Geselligkeit und gutem Essen, das war bis zum Tag X unser Alltag. X steht für Xena. Mit 66 Jahren fängt das Leben erst so richtig an, sang Udo Jürgens. Er war ein kluger Mensch und sollte damit recht behalten.

Der Start in die Hunde-Ära erfolgt von null auf Hundert. Wie die sprichwörtliche Jungfrau Maria zu ihrem Kind, so kommen auch wir zu unserem Hündli.

„Wir haben einen Hund geschenkt bekommen. Es ist ein Bayerischer Gebirgsschweißhund und unheimlich lieb. In Fachkreisen sagt man BGS dazu. Er sitzt schon hinten im Auto", verkündet unsere Tochter Lea im Sommer 2018 bei der Rückkehr von einem Wochenendtrip nach Brandenburg.

Für die Jagd ungeeignet

Leas Freund heißt Hubertus. Seine Freunde sagen Hubi zu ihm. Der Name ist Programm. Ist doch der heilige

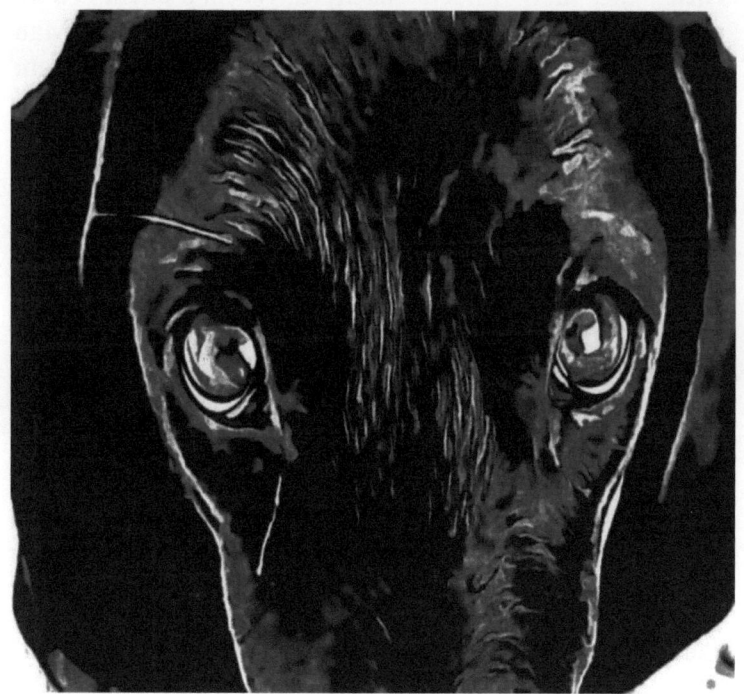

Der treue Blick kann darüber hinwegtäuschen: Xeni ist ein kleiner Räuber.

Hubertus seit dem Mittelalter Schutzpatron der Jagd. Der Deutsche Jagdverband pflegt alte Traditionen und feiert jedes Jahr seinen Hubertustag. Die Jagdpassion wurde Hubi also in die Wiege gelegt; auch sein Vater ist ein begeisterter Waidmann. Hier und da wird Hubi zu großen Jagdevents in ganz Deutschland eingeladen.

Diesmal trifft man sich am Rande der Zivilisation in Brandenburg. Dort war auch Xena zu Hause. Auf einem ehemaligen Gutshof zwischen tiefen Wäldern und grünen Wiesen fristete sie ein ziemlich tristes Dasein. Denn das schwarze Hündchen, das den Förster mit seiner feinen Nase bei der Pirsch nach angeschossenem Wild unterstützen sollte, war nicht für die Jagd geboren. Man erzählt, dass Xena einige der Jagdprüfungen nicht bestanden habe. So soll sie unter anderem sehr schreckhaft sein, die Jäger sagen, „der Hund ist nicht schussfest".

Das halte ich, nach fast zwei Jahren mit Xeni in unserer Mitte, für ein bösartiges Vorurteil. Schon mehrfach wurden während unserer Streifzüge in unmittelbarer Nähe Treibjagden veranstaltet. Es knallte oft und beängstigend laut. Ich zuckte erschrocken zusammen. Doch unsere Xena verzog kaum eine Miene.

„Ein Jammerlappen"

Der Zufall ist ein merkwürdiger Geselle, sagt man. Nicht nur bei uns Menschen, manchmal auch im Leben eines Hundes. Xena könnte ein Lied davon singen, wenn sie diese Gabe hätte. Sie kann nur jämmerlich heulen. Aber davon später. Für sie war es ein Tag, der alles veränderte: Die Treibjagd war lang und anstrengend. Am Abend sitzen die Jagdfreunde am knisternden Lagerfeuer und lassen den

Tag in geselliger Runde ausklingen. Man trinkt ein Bier, dann ein zweites und drittes, dazu einen Obstler aus der Region. Vom Grill weht ein verführerischer Duft herüber. Die Stimmung steigt.

Aufregende Geschichte aus vergangenen Tagen machen die Runde. In den Erzählungen werden die Keiler immer wilder und die Hirsche immer größer. Jägerlatein sagt man dazu. Der Förster kommt auch auf seine Hunde zu sprechen. Mit Xena ist er unzufrieden. Sie tauge nicht für die Jagd, klagt er.

„Ich kann hier mit so einem Hund nichts anfangen." Er erzählt, dass er schon einmal versucht habe, Xena in andere Hände zu geben. Eine Frau aus dem Nachbardorf habe sich in das hübsche Hündchen verguckt und es zu sich nach Hause gekommen. Aber schon nach drei Tagen war sie wieder da. Sie wollte Xena nicht haben. Der Hund habe sie mit ihrem unglücklichen Gejaule genervt.

„Xena ist eben ein Jammerlappen", lautet das vernichtende Urteil des Försters.

Oft einsam im Zwinger

Der kleine schwarze Hund, über den soeben gesprochen wird, versteht die Worte nicht, er freut sich aber über die Gesellschaft. Auf dem Hof ist er oft einsam. Während die anderen Hunde mit dem Förster ins Revier aufbrechen und aufregende Abenteuer erleben, muss er alleine in einem Zwinger sitzen. Keiner spielt mit ihm, keiner streichelt ihn. Das wenige Futter, das ihm die anderen Hunde übriglassen, reicht oft nicht. Xena geht dann mit knurrendem Magen schlafen.

Heute Abend ist alles besser. Die Menschen aus der Stadt sind freundlich zu ihr, sie kraulen sie am Hals und stecken ihr unter dem Tisch so manchen leckeren Happen zu. Vor allem die nette blonde Frau schließt der kleine Hund sofort in sein Herz – und sie ihn.

Als er sogar auf ihren Schoß darf, bahnt sich eine neue Freundschaft an.

„So einen Hund hätte ich gerne", seufzt Lea und streichelt Xena über die langen Schlappohren, was das Hündchen

Verträumt: Unsere Xena lehnt sich am Ledersessel an und scheint über Gott und die Welt nachzudenken.

besonders gerne mag. Der Revierförster wird hellhörig. Ist das etwa eine gute Gelegenheit, den ungeliebten Köter loszuwerden? Er wittert seine Chance. „Wollt ihr Xena mit nach Hause nehmen? Als Geschenk." Lea und Hubi sind zunächst sprachlos. Sie sind absolute Hundelaien und völlig ahnungslos, was da alles so auf sie zukommt. Aber Xena ist so anhänglich und lieb. So ein Angebot kann man gar nicht ausschlagen, sind sich Hubi und Lea sich schnell einig.

Als der Berufsjäger den Hund grob im Nacken packt und mit einem Ruck von Leas Schoß reißt, ist die Entscheidung endgültig gefallen. Hier geht Xeni vor die Hunde. Wir werden es schon irgendwie wuppen, sind sich Lea und Hubi einig. Sie schlagen ein. Am nächsten Morgen steht die Grundausrüstung für die Hundehaltung inklusive Transportkiste fix und fertig vor der Tür. Ein Rückzieher ist nicht möglich. So beginnt das große Hundeabenteuer.

Für Hubi ist Xena fast schon so etwas wie eine alte Liebe. Hatten die beiden bereits lange vor diesem denkwürdigen Abend ein gemeinsames Erlebnis, das beiden eine Menge Angst einflößte. Da war das Hündli noch ziemlich klein, fast ein Welpe. Wieder einmal ist Jagdzeit in Brandenburg. Auch Hubi ist dabei. Vor dem großen Halali will er noch eine Joggingrunde durch den idyllischen Wald drehen. Er nimmt kurzentschlossen den kleinen Hund mit, der sich im Zwinger langweilt. Sie kommen nicht weit: Plötzlich taucht ein Wolf aus dem Gestrüpp auf. Er hinkt. Brandenburg ist Wolfsland. Immer mehr Rudel, Paare und Einzeltiere siedeln sich in der fast unberührten Natur an. Normalerweise kommen sich Menschen und Wölfe nicht in die Quere. Aber wer weiß, wie ein verletzter und hungriger Wolf reagiert? Er steht auf dem Weg keine 50 Meter von Hubi und Xena entfernt und beobachtet die beiden regungslos. Der Hund bekommt panische Angst, winselt und zittert am ganzen Leibe. Hubi nimmt den Hund auf den Arm. Sie treten den Rückzug an. Der Klügere gibt nach.

Erfolgreiche Zuchtgeschichte

Die Klagen des Försters sind verständlich – aus seiner Sicht jedenfalls. Denn Xena sollte eigentlich die besten genetischen Voraussetzungen für die Jagd mitbringen. Ihre lange Ahnentafel, die bis zu den Ur-Ur-Großeltern in der Slowakei zurückreicht, kann mit einigen illustren Namen der BGS-Zucht aufwarten und listet sogar in der Liste der Vorfahren einige nationale Champions auf.

Xenas Karriere als Jagdhund begann mit einem Höhenflug. Ein namhafter Unternehmer aus der Region hatte für den vielversprechenden BGS-Welpen eine beträchtliche Stange Geld auf den Tisch gelegt und holte ihn sogar persönlich mit seinem Privatflieger bei dem Züchter ab. Sogar die Presse war damals dabei. Die dortige Lokalzeitung berichtete darüber in großer Aufmachung mit einem Foto, auf dem der Investor lachend den kleinen schwarzen Hund auf dem Arm präsentiert.

„Xena von Militzer`s Meute", wie sie in den Papieren mit einem grammatikalisch falsch gesetzten Apostroph offiziell heißt, erfüllte die hohen Erwartungen nicht. Das war ihr Pech: Für einen Revierförster ist ein Hund nicht mehr als ein Gebrauchsgegenstand. Er muss funktionieren, sonst hat er dort nichts verloren. Auch Xena musste diese bittere Erfahrung machen. Der Berufsjäger, so erzählt man, behandelte sie nicht besonders gut. Auch von Schlägen und Tritten ist die Rede, wenn der junge Hund nicht spurte. Ein Gerücht?

Fakt ist: Auch nach Monaten in ihrer neuen Heimat duckte sich Xena ängstlich und zuckte zusammen, wenn einmal eine Hand erhoben wurde. Das Trauma der Trennungsangst hat sie bis heute nicht ganz bewältigt. Wenn sich ein Mitglied ihres neuen Rudels entfernt, gerät das arme Tier in Panik. Xena zittert am ganzen Körper, rennt ziellos umher und gibt herzzerreißende Klagetöne von sich. Doch es wird von Tag zu Tag besser. Denn das arme Tier merkt, dass es das Schicksal doch noch gut mit ihm meinte.

Ein Hund, der schwitzt?

Ein Schweißhund? Noch nie gehört, grübelte ich nach dem Telefonat mit Lea. Was ist das denn für eine komische Rasse? Ein Hund, der schwitzt? Stinkt er womöglich? Zugegeben, meine Kenntnisse rund um das Thema Hund waren sehr lückenhaft. Die beliebten Rassen wie Schäferhund, Dalmatiner, Retriever oder Dackel waren natürlich auch mir bekannt. Doch ein BGS war mir noch nie untergekommen. Zum Glück gibt es das Internet. Und das ist ziemlich allwissend. Auch über den Bayerischen Gebirgsschweißhund gibt es dort viel zu lesen.

Ich komme bei der Lektüre nicht aus dem Staunen heraus. Der BGS sei ein mittelgroßer Jagdhund und gehe auf eine uralte Hunderasse zurück. Der Schweißhund würde auch „Bracke" genannt, erfahre ich. Er sei ein „hoch entwickelter Spezialist und vielseitig in der Jagd einsetzbar". Sein Spezialgebiet sei die Fährtenarbeit. Und:

„Er meistert das Suchen und Hetzen und vor allem die Nachsuche." Schnell werde ich bei der Lektüre belehrt, dass „Schweiß" in der Jägersprache Blut bedeutet. Dank seiner superfeinen Nase sei der BSG für den Förster und Jäger ein unentbehrlicher Begleiter bei dem Aufspüren von angeschossenem Wild. „Solange er keine Fährte in der Nase hat, besticht er durch ein bedächtiges, ruhiges, äußerst sanftes Wesen, das für uns Menschen Entschleunigung pur ausstrahlt", gerät der Verfasser förmlich ins Schwärmen.

1912 entstand der Klub für Bayerische Gebirgsschweißhunde, der seitdem darüber wacht, dass die strengen Zuchtregeln eingehalten werden. Der BSG sei ziemlich selten, erfahre ich weiter. Gezüchtet würden pro Jahr etwa 10 bis 12 Würfe mit 60 bis 80 Welpen. Diese gehen fast nur in professionelle Hände von Förstern und Berufsjägern. Ein Bayerischer Gebirgsschweißhund sei kein Begleithund für die Stadt oder Spaziergänge in der Natur, selbst wenn diese täglich erfolgen. Er sei kein Hund für die Wohnung, sondern ein professioneller Jagdhelfer.

Diese Aussage gibt mir zunächst zu denken. Wird unser Hundeabenteuer womöglich schnell mit einem Fiasko enden? Doch als ich weiter recherchiere, entspanne ich mich ein wenig. An einer anderen Stelle hieß es, der BGS sei „ein sehr freundlicher und lernwilliger Vierbeiner", der es seinem Halter leicht mache, ihn zu erziehen. „Der Bayerische Gebirgsschweißhund ist zudem ein sehr guter Familienhund mit einem sanftmütigen Wesen", lautet schließlich der Kernsatz der Internet-Betrachtung, der mich endgültig beruhigt.

Blick zurück

In den Po gezwickt

Ein Hund? Schulterzucken. Damit hatten Lea noch Hubertus bisher nichts am Hut. Und auch ich war ein Hunde-Anfänger. Meine Erinnerungen an Hunde waren eher schmerzlicher Natur. Als Kind, ich war etwa zehn oder elf Jahre alt, hatte ich eine Begegnung mit einem streunenden Schäferhund. Und die war ziemlich unangenehm. Das stattliche Tier tauchte wie aus dem Nichts in einigen Metern Abstand von mir auf. Es fixierte mich mit starrem Blick. Das jagte mir ziemliche Angst ein. Was macht ein Kind, wenn es Angst hat? Es rennt weg vor der drohenden Gefahr. Der Versuch ging gründlich daneben.

Meine Flucht weckte in dem Köter den Jagdtrieb. Er folgte mir blitzschnell. Als ich im Eingang unseres Hauses stolperte und der Länge nach hinfiel, zwicke mich die Bestie in den Allerwertesten. Nur leicht, es war nicht weiter schlimm. Ich war nicht ernsthaft verletzt. Es blieb für ein paar Tage nur ein blauer Flecken. Doch für mich war es ein traumatisches Erlebnis. Es sollte mich viele Jahre prägen. Erst nach und nach konnte ich den Respekt vor Hunden ablegen und sogar Sympathien für sie entwickeln.

In unserer Familie drehte sich, soweit ich zurückdenken kann, alles um Katzen. Ganze Generationen wuchsen bei uns auf. Meine Eltern gaben ihnen so klangvolle Namen wie Aida, Micka oder Libusche und verhätschelten die eigenwilligen Samtpfoten nach Strich und Faden. Daher weiß ich, wie Katzen ticken. Für Hunde gilt das nicht. Denn die spielten bei uns lange kaum eine Rolle.

Bis zu dem Tag, als mein Vater mit einem braunen zotteligen Mischling auf dem Arm nach Hause kam. Woher der Hund stammte, war nie ein Thema. Wahrscheinlich war es ein Streuner, den mein Vater aus Mitleid irgendwo auf der Straße aufgelesen hatte. Wie dem auch sei: Das freundliche und anhängliche Hündchen wurde Alan getauft. Er wurde schnell ein Mitglied der Familie und ein unermüdlicher Spielgefährte für mich und die Kinder aus der Nachbarschaft. Doch dann verschwand Alan eines Tages so plötzlich, wie er gekommen war. Was aus ihm wurde, habe ich nie erfahren.

Die Jahre vergingen. Ich hatte nur selten Begegnungen mit Hunden. Bei meinen Fahrradtouren waren sie – oder ihre Herrchen, vor allem solche die ihre Vierbeiner nicht im Griff hatten – ein ständiges Ärgernis, weil sie kreuz und quer über den Weg liefen oder unvermutet aus dem Gebüsch auf die Fahrbahn schossen. Trotz alledem: Ich hatte stets ein Herz für Bello & Co. Ihre unverbrüchliche Treue und Anhänglichkeit haben mich fasziniert.

Schwere Wahl

Das Rentnerdasein rückt näher. Ich werde bald viel Freizeit und Muße haben. Viel mehr als je zuvor. Was fange ich damit an? Klar, es gibt viele Dinge, die ich machen wollte, wenn ich einmal viel Zeit habe: lesen, malen, Sprachen lernen, viel Sport treiben. Aber wer hat schon Lust, acht Stunden am Tag zu lesen oder Fahrrad zu fahren?

Ich beginne, mir auszumalen, wie es wäre, meine Tage mit einem Hund an der Seite zu verbringen. Die Idee gefällt mir immer besser. Und auch unsere Kinder, schon längst im Erwachsenenalter, sind davon begeistert. Wir halten Familienrat. Lea, Laura und ich schmieden Pläne für die Zukunft mit einem Familienhund. Angie hält sich da raus. Sie sieht das „Projekt Hund" skeptisch und behauptet, dass sie „sowieso keine Zeit für so einen Quatsch" habe. Immerhin bringt sie uns aus der Bücherei einen dicken Wälzer über Hunde mit.

Wir blättern darin und finden viel Interessantes zur Pflege und Erziehung von Hunden, ihre unglaublichen Fähigkeiten und Leistungen. Besonders faszinieren uns die vielen schönen Hundebilder. Wir sind erstaunt, dass es weltweit fast 500 anerkannte Rassen gibt, daneben unzählige Mischlinge. Mir fällt gleich das Porträt eines Dalmatiners ins Auge. Sein getupftes Fell macht ihn zu einer auffälligen Erscheinung. Ich erinnerte mich an den Film „Die 101 Dalmatiner", den ich vor Jahren zufällig sah. Die Vorstellung, dass die böse Frau Cruella 15 süße Dalmatiner-Welpen töten wollte, um deren Felle zu einem exzentrischen Pelz zu verarbeiten, lässt mich nicht los. Ich applaudiere innerlich, als sich die Dalmatiner am Ende mit guten Menschen verbünden und der Hexe einen Strich durch die Rechnung machen.

Der Dalmatiner sei elegant, intelligent und ein „hervorragender Sportkumpan", heißt es in dem schlauen Buch. Er sei sehr anhänglich, verfüge aber über eine „überschäumende Energie", die er ausleben müsse. Das würde alles passen. Doch ein Satz macht mich stutzig. Der Dalmatiner sei zuweilen stur und wolle seinen Willen durchsetzen. Das klingt nach viel Arbeit, einer für Hundelaien möglicherweise kaum leistbare Aufgabe.

Wir suchen weiter und fragen Google. Es muss doch den idealen Hund geben, der perfekt zu uns passt. Das Internet ist voll von Beschreibungen und Bildern zum Thema Hund.

„Ich wünsche mir einen Golden Retriever. Die sind so lieb und anhänglich", mein Lauri.

Also gut, der hierzulande so beliebte „Goldie" kommt in die nähere Wahl. Oder sollte es besser ein Labrador sein? In Leas Freundeskreis ist einer, der diese Rasse züchtet und bildhübsche Welpen verkauft.

„Da wüssten wir wenigstens, wo unser Hund herkommt", sagt sie. Das klingt logisch.

Die Liste der Kandidaten wird immer länger, je tiefer wir in die Materie einsteigen. Auch die heute so beliebten Mischungen wie Goldendoodle oder Labradoodle stehen drauf. Eine Freundin hat seit einiger Zeit einen Mix aus Golden Retriever und Pudel und schwärmt von seiner Gelehrigkeit und Gutmütigkeit. Für mich ist ein Auswahlkriterium von vornherein unverrückbar: „Ich möchte einen richtigen Hund haben, nicht so eine kläffende Ratte."

In einem Punkt sind wir uns einig: Der Familienzuwachs darf kein Winzling sein - die offene Treppe in unserem Haus sollte für unseren Hund schließlich nicht zur Todesfalle werden.

Klar ist, dass unser Hündchen nicht haaren und nicht übel riechen soll, obendrein stubenrein sein muss sowie uns und seine Umwelt nicht durch laute Gebelle nerven darf. Dass unser neuer Begleiter lieb und folgsam sein würde, das steht für uns sowieso fest. Und überhaupt: Unser Haustier soll am besten unsichtbar sein und möglichst wenig Arbeit machen.

Bald stellen wir fest, dass wir ein derartiges Exemplar kaum finden würden. Und: Dass sich unsere Träume ohnehin nicht erfüllen würden, wird uns schnell klar.

„Mir kommt kein Hund ins Haus. Nur über meine Leiche", sagt Angie eines Tages und beendet damit abrupt die Diskussion. Sie duldet keinen Widerspruch. Nicht nur, wenn's um Hunde geht.

Xena ist da

Ein geteilter Hund

Angie sollte einmal Unrecht haben. Xena ist da. Es war nicht zu verhindern. Und sie ist sozusagen ein geteilter Hund. Das ist eine praktische Lösung. Wenn die eine Partei arbeiten geht, Urlaub macht, feiert oder sonstwie verhindert ist, dann übernimmt die andere das Kommando. Wir haben uns die Aufgaben einigermaßen gerecht geteilt. Es fällt uns umso leichter, weil Xena eine liebenswürdige und ziemlich pflegeleichte Hundedame ist. Und sie ist fast einmalig. Das sagt Lea jedenfalls. Denn nahezu alle Bayerischen Gebirgsschweißhunde haben ein braunes Fell in verschiedenen Nuancen. Nur einer von 1.000, so behauptet sie, sei schwarz. Ob es stimmt, weiß ich nicht.

Begegnung der BGS-Art: Xena und Lara trafen im Wald aufeinander. Die beiden Bayerischen Gebirgsschweißhunde beschnupperten sich ausgiebig.

Erst zweimal bin ich im wahren Leben bei einem Spaziergang einem BSG begegnet – und beide waren tatsächlich braun. Bruno heißt der eine und ist schon elf Jahre alt. Xeni und Bruno verstanden sich auf Anhieb gut. Sie beschnupperten sich und spielten kurz miteinander. Dann ging man wieder seine Wege, die große Liebe war es wohl nicht.

Und auch ein paar Monate später, als wir die acht Jahre alte Lara und ihre Besitzer im Wald trafen, war es keine Offenbarung. Kurz schnuppern und weiterziehen - so ging auch das zweite BSG-Gipfeltreffen unspektakulär über die Bühne. Immerhin erfuhr ich, dass Xenas Verfressenheit keine Ausnahme ist. Auch Bruno und Lara sind gierig nach Futter. Und siehe da: Die Gier nach Futter, die Bluthunden so eigen ist, wurde mir erst kürzlich medial bestätigt (siehe Zeitungsmeldung). Mit Speck fängt man Mäuse, sagt der Volksmund. Schweißhunde stehen eher auf Mettwurst, egal, ob sie braun oder schwarz sind.

Für uns spielt es auch keine Rolle, welche Farbe Xena hat. „Es gibt so viele Hunde auf der Welt. Was für ein Glück, dass wir den schönsten haben" – dieser Spruch dürfte den meisten Hundefans bekannt sein. Und auch wir empfinden, dass er stimmt. Wir sind uns einig: Unser Hündli ist etwas ganz Besonderes. Umso ehrgeiziger gehe ich mein neues Hobby an.

Taschen voller Leckerchen

Aber wie führt man einen Hund aus? Was braucht man dazu? Ein Halsband, eine Leine und die Taschen voller Leckerchen, so viel ist mir schon klar. Sonst bin ich ahnungslos. So vertiefte ich mich Tage vor dem ersten gemeinsamen Spaziergang ausgiebig in die Lektüre einschlägiger Fachliteratur. Ein bisschen Lampenfieber ist schon dabei, muss ich mir eingestehen. Zumindest das theoretische Rüstzeug will ich mir holen. Aber am Ende habe ich keine Wahl. Mein Einstieg in die Geheimnisse

Idylle pur: Xena auf der Emsbrücke kurz vor der Abenddämmerung.

der Hundewelt erfolgt nach dem Motto „Learning by doing". Anders gesagt: Ich muss zusehen, wie ich mit dem Köter alleine und in freier Wildbahn zurechtkomme.

Fast ein Desaster

So ziehen wir los, Xeni und ich. Zunächst tippelt sie brav neben mir her, schnüffelt unaufgeregt links und rechts des Weges und hebt, ab und zu ein Beinchen, um ihr neues Revier zu markieren. Super, es ist leichter, als gedacht, mache ich mir Mut. Aber: Der erste Ausmarsch endet schon nach ein paar Hundert Metern mit einem kleinen Desaster. Xena verwandelt sich in Sekundenbruchteilen in eine wilde Furie, als sie an der nächsten Ecke einen Artgenossen erblickt.

Unser Hund befreit sich mit einem heftigen Ruck rückwärts aus seinem viel zu lockeren Halsband und schießt mit Affenzahn und einem ohrenbetäubenden Gekläff geradewegs auf eine vielbefahrene Straße zu. Auf der anderen Seite steht ein Hund und blickt neugierig, was jetzt wohl so passiert. Ich wende mich ab und warte auf quietschende Bremsen, den dumpfen Aufprall und das schmerzerfüllte Aufheulen unserer Xeni – Horror pur für jeden Hundefreund.

Bitte, so soll das Abenteuer Hund nicht enden, bete ich. Doch es geht noch einmal gut. Es gelingt mir noch rechtzeitig, Xena einzufangen, bevor sie unter die Räder kommt. Es war ziemlich knapp. Die Autofahrer hupen und brausen verärgert davon. Der Schweiß läuft mir den Rücken runter, mein Herz hämmert wild. So etwas wird sich nicht wiederholen, schwöre ich mir. Ein stabiles Geschirr muss her, und das sofort.

Und ein GPS-Tracker wird gebraucht. Sollte Xeni eines Tages ausreißen und nicht mehr auffindbar sein, dann könnte die moderne Datentechnik die letzte Rettung sein. Also bestelle ein solches Gerät bei einem chinesischen Großhändler. Nach vier Wochen ist das Paket da: ein unscheinbares Plastikkästchen mit einem Schlitz für die SIM-Karte, die ich mir zusätzlich besorgen muss, und einem Ein- und Ausknopf. Die Einrichtung der App auf dem Smartphone ist ziemlich knifflig, ist doch die beiliegende Bedienungsanleitung in Chinesisch gehalten. Doch mit vereinten Kräften gelingt es am Ende doch. Bevor wir den Peilsender am Xenas Geschirr befestigen, soll ein Test gestartet werden.

Das Versuchsobjekt ist Angie. Sie soll bei ihrer Fahrradtour den Tracker einfach in die Tasche stecken. Ich kann dann von Zuhause aus live verfolgen, welche Wege Angie nimmt und wo sie sich aktuell befindet.

Soweit die Theorie. Es läuft gut an. Die GPS-Ortung wird alle paar Sekunden aktualisiert und funktioniert zuverlässig. Angie dreht ihre Runde, und ich sehe, dass der Punkt immer näher der Heimat kommt. Doch dann: Die Bewegung stockt nur ein paar Hundert Meter von unserem Haus entfernt. Vielleicht ein technischer Fehler, denke ich und warte ein bisschen. Es tut sich nichts. Langsam bin ich besorgt.

Liegt Angie irgendwo hilflos in einem Graben? Entschlossen mache ich mich auf den Weg zu dem virtuellen Punkt auf meiner App. Ich atme auf. Meine liebe Frau ist in ein angeregtes Gespräch mit einer Nachbarin vertieft. Im Tratsch hat sie vergessen, dass sie an einem wichtigen wissenschaftlichen Test teilnimmt.

Übrigens: Der GPS-Tracker liegt samt Karte irgendwo in der Schublade. Das ganze Prozedere ist zu kompliziert, die Batterie muss alle paar Stunden aufgeladen werden, und die Kosten für die SIM-Karte sind auf Dauer zu hoch. Zudem ist Xeni ein ziemlich braves Hündchen, das zwar gerne auf eigene Faust den Wald erkundet, doch schon nach kurzer Zeit reumütig zurückkehrt und wohl Angst vor der eigenen Courage hat.

Frisch ans Werk

Frisch ans Werk. Ausreichend Bewegung ist immer garantiert. Denn alle Familienmitglieder, mit Ausnahme von Angie, die das Projekt Hund mit einiger Skepsis beäugt, sind bereit, Xeni auf den rechten Weg eines lieben und gehorsamen Familienhundes zu begleiten.

Dabei muss ich mir auf die Schulter klopfen. Von Beginn an lege ich mich als sportlicher Rentner mächtig ins Zeug und marschiere Tag für Tag mit „meinem Liebling", wie die Familie spöttelt, lange Strecken in Wald und Flur zurück. Wir laufen bei Wind und Wetter und über Stock und Stein. Oft stehen am Abend 15 Kilometer und mehr auf dem Fitnesstracker.

Das hat Folgen: Der Rücken zwickt manchmal, die Waden brennen, die Füße schmerzen von der ungewohnten Mühsal. Am Ende des Tages bin ich oft ziemlich erschöpft und ganz neidisch auf unsere kleine Schwarze. Sie hat wohl das Doppelte an Strecke zurückgelegt, zeigt aber keine Spur von Müdigkeit. Aufgeben ist keine Devise. Denn die Anstrengung wird mit tollen Erlebnissen in der Natur und mit dem Tier mehr als entlohnt.

Ich beherzige den Rat der Experten, dass es nicht ausreiche, einen Hund nur körperlich zu beschäftigen. Auch der Intellekt des Tieres müsse gefordert werden. Wie das gelingen kann, das habe ich aus Fachbüchern, beim Antijagdtraining und in Gesprächen mit langjährigen Hundefreunden erfahren. Nicht alles, was ich dort gesehen, gelesen oder gehört habe, funktioniert perfekt - bei uns jedenfalls nicht. Aber wir freuen uns trotzdem über Fortschritte, so klein sie auch sein mögen.

Im Stadtholz

Dialog zwischen Mensch und Hund

Mensch und Hund verstehen sich auch ohne große Worte. Ein Blick, eine Geste, ein Fingerzeig reichen oft schon aus, um dem Gegenüber mitzuteilen, was man von ihm will. Es gibt aber Tage, an denen ich große Überredungskunst aufwenden muss, damit Xena mich bei einer Tour begleitet. Auf dieser Erfahrung beruht der folgende fiktive Dialog.

Keine Lust auf Schlür: „Es kommt ein Unwetter".

Schauplatz Küche: Xena liegt in ihrem Bettchen und döst vor sich hin. Ich komme mit einem Hundegeschirr in der Hand herein.

„Xeni, lass uns einen Spaziergang machen." *Keine Reaktion. Der Hund stellt sich tot.* „Es ist schon spät, wenn wir noch warten, wird es dunkel."

Der Hund öffnet die Augen und hebt den Kopf: „Es regnet, wir werden nass." *Er schließt die Augen wieder.*

„Das Wetter ist gar nicht so schlecht. Xeni, wir müssen mal an die frische Luft."

Xena hebt erneut den Kopf: „Es ist kalt. Ich werde frieren und krank werden. Du auch."

„Ich kann dir deinen Mantel überziehen, der hält dich warm."

„Buh, der Mantel ist so hässlich. Ich bin doch kein Weichei."

„Dann komm jetzt mit!"

„Ich habe Hunger und fühle mich schwach."

Ich hole aus dem Schrank einen Streifen Entenfilet, das unser Hund so mag.

„Na gut, ich komme mit." *Xeni steht auf und trollt sich von ihrem Lager. Sie streckt sich und gähnt ausgiebig. Dann verschlingt sie in Windeseile das Filet.* „Wohin gehen wir?"

„In den Wald und zum Fluss."

„Lässt du mich von der Leine?"

„Ja, wenn nicht zu viel los ist."

„Darf ich jagen?"

„Nein, darfst du nicht, du weißt doch, dass es streng verboten ist. Wir sollen schließlich keinen Ärger."

„Ich bin aber ein Jagdhund und muss jagen", sagt Xena trotzig, doch sie lässt sich widerwillig das Geschirr umlegen. Ich trete vor die Haustür. Es ist trocken, und zwischen den Wolken lugt die Sonne hindurch. Der Hund bleibt unschlüssig auf der Türschwelle stehen. „Es gibt ein Unwetter", verkündet er.
„Quatsch, erzähle keinen Unsinn."
„Ich habe schon wieder Hunger und fühle mich schwach."
Ich hole noch ein Entenfilet aus der Tasche und werfe es in hohem Bogen in die Luft. Sie schnappt sich den Happen geschickt im Flug. Das Filet verschwindet in Xenis Rachen. Aufs Kauen verschwendet sie keine Zeit. Endlich geht es los.

Wir marschieren

Das Abenteuer beginnt: Ich hole das grüne Geschirr aus der Ecke (übrigens hatte Xena auch noch ein schwarzes, das in Angies Wäsche aber eingelaufen ist und jetzt nicht mehr passt). Das ist das Signal für unseren Hund, dass es jetzt endlich losgeht. Mit einem lang und laut intonierten „wir marschieren" startet die Expedition ins Abenteuer. Eine kleine Hürde gilt es noch zu überwinden. Xena bleibt auf der Türschwelle stehen und weigert sich, nur einen Schritt weiterzugehen - bis sie das erste Leckerli im Maul hat. Auch das ist schon ein tägliches Ritual.

Diese Szene wiederholt sich in der Folge übrigens immer wieder, bis wir wieder zu Hause sind. Der Hund stoppt abrupt, bleibt stur sitzen und möchte mit Futter angelockt werden. Wie ein Mantra rezitiere ich dann einen Spruch, der sich im Laufe der Zeit eingeschliffen hat: „Das kann doch gar nicht sein, dass die Xeni schon wieder Hunger hat. Das ist aber eine große Überraschung. Ich kann das einfach nicht glauben."

Von einer Überraschung kann keine Rede sein. Denn unser Hund hat immer Hunger. Immer und überall. So hat die Tour viele Stationen. Unsere Xena ist verfressen und manchmal dickköpfig.

Wir marschieren: Die Wege entlang der Ems bieten immer ein tolles Naturerlebnis.

Inneren Schweinehund überwinden

Egal, ob es regnet oder stürmt: Mensch und Tier müssen vor die Tür. Es gilt, den inneren Schweinehund zu überwinden. Bei Wind und Wetter. Wir ziehen in die Natur auf unserer vertrauten Tour über die Wiesen, durch den Wald, am Fluss entlang. „Wir marschieren, wir marschieren", summe ich im Schritttakt mit. Hoffentlich hört keiner zu. Ich schaue Xeni fasziniert zu. Die reine Lehre kennt beim Hund vier Gangarten: den Schritt, den Trab, den Passgang und den Galopp.

Ich stelle fest, dass es in der deutschen Sprache vermutlich kein einzelnes Wort dafür gibt, was der kleine Hund an meiner Seite manchmal so tut. Er bewegt sich vorwärts auf zwei bis vier Pfoten, so könnte man das grob beschreiben. Xeni schafft es irgendwie, alle möglichen Gangarten zu einer Vorwärtsbewegung zu

vereinigen. Sie trippelt und sie tippelt, sie hüpft und trabt, sie tänzelt und springt, sie rennt und schlägt Haken, vorwärts und dann wieder zurück, fast ohne Pause.

Es scheint, dass sie all das zur selben Zeit tut, was natürlich Unsinn ist. Ich denke, eine Zeitlupenaufnahme könnte das Geheimnis lüften. Aber Hunde zu fotografieren oder zu filmen, das ist eine vertrackte Aufgabe. Gerade dann, wenn man die richtige Position eingenommen hat und auf den Auslöser drücken will, kehrt der Hund einem das Hinterteil zu oder verschwindet hinter dem nächsten Baum. Aber das nur am Rande.

Der Weg in unser tägliches Revier ist nur ein paar Hundert Meter lang. Das Ziel ist das Stadtholz, ein Waldgebiet zwischen der Ems und der Bundesstraße. Es geht zunächst routiniert durch kaum befahrene Straßen unserer Siedlung, vorbei an einer Bäckerei, deren Düfte in unserem

Sicherheit für alle: Nicht nur Zebras dürfen hier die Straße überqueren.

Hündchen wieder einmal Sehnsüchte nach etwas Leckerem wecken.

Dann stehen wir vor der ersten gefährlichen Stelle unserer Route: Der Rietberger Straße, auf der zu jeder Tages- und Nachtzeit viele Autos unterwegs sind. Dort ist ein Zebrastreifen aufgemalt, der eigentlich ein sicheres Überqueren gewährleisten sollte. Doch fast täglich rauschen Autos mit hohem Tempo darüber, ohne Mensch und Hund passieren zu lassen. Mittlerweile betreten wir die Straße nur mit größter Vorsicht. Wir wollen nicht unter die Räder kommen. Doch ich muss hier etwas zur Ehrenrettung der unaufmerksamen Fahrer sagen. Ich kenne diese Stelle aus eigener Erfahrung als Autofahrer genau und weiß daher, dass sie, vor allem für Ortsunkundige, schwer einsehbar und unübersichtlich ist. Ich beneide Herrchen und Frauchen, deren Hunde brav und ohne großes Brimborium an einer Straße stehen bleiben und warten, bis der Verkehr vorbeigerauscht ist. Xena kann das nicht. Und sie wird es vermutlich nie

Hund mit Mütze: Xena lässt die Kostümierung geduldig über sich ergehen.

lernen. Sie würde blindlings ins Verderben rennen, wenn man sie ließe. Wir trainieren immer wieder den Stopp an der Kreuzung. Wenn's klappt, gibt es Leckerchen.

Die Krux: Xena, die ihre Kindheit und Jugend abseits des städtischen Trubels verbrachte, ist blind für Gefahren des Verkehrs. Fahrräder, Jogger und Walker gab es in der brandenburgischen Idylle offenbar keine, Autos nur sehr wenige. Der kleine Hund ist überzeugt, dass sich die ganze Welt um ihn dreht. Nur so ist zu erklären, dass er keinen Deut bereit ist, herannahenden Fahrradfahrern oder Joggern auszuweichen.

Im Gegenteil: Xena postiert sich querstehend mitten auf dem schmalen Weg, so dass die Menschen in einem weiten Bogen ausweichen müssen. Sie quittieren das Hindernis in der Regel mit einem nachsichtigen Lächeln, einige schauen aber grimmig drein und schimpfen innerlich über den unerzogenen Köter.

Zurück zum gefährlichen Überweg: Vielbefahrene Straßen waren im Jagdrevier für den kleinen Hund unbekannt, Zebrastreifen gab es dort schon gar nicht. Ich erkläre Xeni, dass nicht nur Zebras die Straße an dieser Stelle überqueren dürfen, sondern auch Menschen und andere Tiere. Der Hund schaut mich dann kurz von der Seite an und denkt sich wohl: „Der spinnt doch, der Alte."

Die erste Hürde ist überwunden. Wir schlendern weiter an Krankenhaus entlang, dann durch eine kleine Siedlung, bis wir eine Weidenallee erreichen, die auf einer schmalen Brücke über die Ems mündet, von dort geht die schnurstracks ins Hundeparadies:

Das Stadtholz ist von einem Netz von Wegen durchzogen und für die Rheda-Wiedenbrücker ein beliebter Ort für Freizeit, Sport und Erholung. Vor allem feiertags und an den Wochenenden sind dort viele Jogger, Walker und Radler unterwegs. Für Familien mit kleinen Kindern ist es ein idealer Ort, um die Natur stadtnah zu erleben. Natürlich führen auch Hundefreunde ihre Vierbeiner gerne im Stadtholz aus, auch deswegen, weil es dort keine generelle Anleinpflicht gibt – eine Seltenheit heutzutage.

Ein Hund mit vielen Namen

Mittlerweile ist Routine eingekehrt in unseren Hundealltag. Die täglichen Spaziergänge gehören fest dazu. Aus Xena ist ein stadtbekannter Hund mit vielen Namen geworden. Wenn alles gut läuft und Harmonie zwischen Menschen und Tier herrscht, dann wird sie „Xeni", „Xenilein" oder als zärtliche Steigerung gar „Xenchen" tituliert.

Wenn sie irgendwo entlang des Weges etwas Interessantes für ihr feines Näschen findet und sich nicht von der Stelle rühren will, dann werde ich schon mal ungeduldig.

„Was ist denn schon wieder los, du kleine Maus. Wir gehen weiter", lautet dann meine Aufforderung.

Es läuft aber nicht immer alles gut. Dann wird der Ton schärfer. Wenn der Hund wieder einmal ohne Vorwarnung einen Hasen, Fasan oder ein Eichhörnchen aufscheucht, auf der Hatz im Gebüsch oder auf der Wiese verschwindet und aus der Ferne sein aufgeregtes Gebell ertönt, das immer leiser wird, dann kommt zunächst der langgezogene Rückruf „Xeeena" oder die stärkere Variante „Xeniii" mit ansteigender Betonung und Lautstärke zum Einsatz.

Xena – der Name klingt seltsam. Zumindest ungewohnt. Ich glaube, es gibt in Deutschland keinen zweiten Hund, der so heißt. Und auch als weiblicher Vorname ist Xena hierzulande sehr selten. Nur eines von 100.00 Mädchen wird von ihren Eltern Xena genannt. Immerhin ist der Name auf alle Zeiten mit einem Wetterphänomen verbunden. Ein Tiefdruckgebiet, das sich im November 2018 gebildet hatte, wurde von den Meteorologen mit „Xena" getauft. Je länger ich Google um Auskunft bitte, desto vertrauter wird mir der Name. Laut Wikipedia leitet er sich aus dem griechischen Wort „die Gastliche" oder „die Fremde".

Ich erfahre, dass es auch Gehörlose spielend leicht ist, sich den Namen Xena mitzuteilen. Dazu benutzen sie die Fingersprache. Für die Buchstaben X, E, N und A werden dem Gegenüber diese vier Fingerstellungen angezeigt:

Mir reicht in der Regel eine einzige Geste. Wenn wir wieder einmal total verdreckt von unserem Schlüer zurückkommen und Xeni hässliche Schlammspuren auf den Küchenfliesen produziert, ist das Geschrei groß:

„Wer hat diese Schweinerei gemacht", tobt dann Angie. Ich hebe dann den Zeigefinger und deute auf Xeni: „Die da war's."

Der kleine Räuber

Täglich eine Gratwanderung

Ich muss gestehen: Es gibt Zeiten, da hilft kein Rufen, kein Bitten und kein Drohen. Der Hund erliegt dann wieder einmal seiner Jagdleidenschaft. Der Marsch entlang der Ems und durch das Stadtholz ist jeden Tag aufs Neue ein Abenteuer, eine Gratwanderung.

Ich lasse den Hund keinesfalls leichtfertig von der Leine; mein Blick scannt vorher immer wieder das Gelände nach möglichen Gefahren ab, bis ich überzeugt bin, dass die Luft rein ist und keine potenzielle Beute für den kleinen Räuber in Sicht. Nur gut, dass unser Hund Spaziergänger, Jogger, Walker oder Radler ignoriert und in Ruhe lässt; es

Scharfe Zähne: Xeni hält sich für einen gefährlichen Räuber.

sei denn, sie haben etwas Leckeres in den Taschen, für das das Betteln lohnen könnte.

Bei Kleingetier schrillen hingegen die Alarmglocken. Bei Enten ist das Risiko überschaubar, obwohl unser Hündli auch hier ziemlich unberechenbar ist. Mal schreitet Xena völlig uninteressiert an den quakenden Wasservögeln vorbei, selbst wenn sie wenige Meter entfernt am Ufer des Flusses oder der Angelteiche sitzen, ein anderes Mal gerät sie scheinbar grundlos völlig in Rage und spurtet den Enten nach oder hetzt sie laut bellend von einem Ufer der Tümpel zum anderen.

Erwischt hat sie bislang noch keine. Zweimal ist sie in ihrem Eifer ins Wasser gefallen, und ich musste sie am Ende Geschirr packen und aus der misslichen Lage retten. Wenn es den Enten zu bunt wird fliegen sie einfach ein paar Meter weiter, und das Spiel beginnt von Neuem.

Aber: Besondere Vorsicht ist in der Brutzeit geboten. Das war mir so nicht klar. Dennoch habe ich ein ziemlich schlechtes Gewissen, als Xena eines schönen Tages im April im Schilf am Flussufer herumschnüffelt und plötzlich ein Entenei im Maul hält, was ich anfangs allerdings nicht bemerke. Ich wundere mich nur, dass die Kleine auf dem gesamten Nachhauseweg brav neben mir marschiert und kein einziges Mal um ein Leckerli bettelt. Sehr ungewöhnlich, aber vielleicht hat sie sich den Magen verdorben, überlege ich.

„Sie hat ein Ei im Mund", schreit Angie, als wir in die Haustür treten. Und tatsächlich: Xena hat ihre zerbrechliche Beute zwischen ihren scharfen Zähnen - das Ei ist noch völlig unbeschädigt. Eine reife Leistung, wie ich finde. Bevor wir es dem abnehmen können, verschwindet der kleine Räuber damit im Garten und kommt wenig später ohne Ei wieder zur Tür herein. Ob er es aufgefressen oder für schlechte Zeiten an einem geheimen Ort schnell vergraben hat, kann nicht geklärt werden.

Keine Chance: Wenn sich ein Eichhörnchen auf den Baum flüchtet, ist Xena machtlos.

„Du Eierdieb, du Nesträuber", lauthals versuche ich, Xeni klarzumachen, dass sich so etwas nicht gehört. Ich denke nicht, dass sie meine Predigt verstanden hat.

Einmal war es knapp

Natürlich gehören auch Eichhörnchen und Hasen in Xenas Beuteschema. Doch auch hier ist die Gefahr nicht besonders groß, dass sie unter den possierlichen Tierchen ein Massaker anrichten könnte: Während sich die geschickten Kletterer lautlos auf einem Baum in Sicherheit bringen, verschwinden die Häschen blitzschnell irgendwo im Gestrüpp. Da kann der kleine Jäger nur hinterhergucken und staunen.

Einmal wird es ziemlich knapp, als Xeni wieder einmal ohne Vorwarnung ausbüxt. Ein Feldhase, der auf einem Acker friedlich hoppelt, gerät ihr ins Visier. Der Hund rast hinterher, doch das Langohr schlägt geschickt Haken, bis beide hinter einer Hecke verschwinden. Xena ist zum Glück schon nach wenigen Minuten wieder da - und sie hat eine dicke Beule auf dem Kopf. Unser Hündli muss im Eifer des Gefechtes gegen einen Baum oder einen Zaun gerannt sein. Ob sie daraus eine Lehre gezogen hat? Wohl kaum.

Ein Kapitel für sich sind Fasane, die sich von Jahr und Jahr in den Wäldern und auf den Wiesen immer breiter machen. Schon ihr lautes Gekreische macht Xena kirre. Manchmal glaube ich, dass sie den armen Hund absichtlich provozieren. Sie haben Erfolg damit.

Wie von Sinnen sprintet er den bunt gefiederten Vögeln hinterher, die mit lautem Geschimpfe von Baum zu Baum flattern und dort für den kleinen Jäger unerreichbar sind.

Wacher Blick: Unsere Xena hat es sich inmitten einer Wildblumenwiese gemütlich gemacht.

Es scheint fast, als lachten sie ihn aus, was seine Wut noch größer macht. Durch nichts und wieder nichts ist der Hund zur Rückkehr zu bewegen. Dann gibt es für den Mensch nur eins: Mit Galopp hinterher ins Gestrüpp und hoffen, dass man den wilden Jäger erwischt, bevor ein Unglück passiert.

Die „kleine Diva"

Die „kleine Diva", wie sie von einem Hundefreund, dessen Hund unsere Xena abgöttisch liebt, gerne tituliert wird, übersieht zum Glück häufig potenzielle Beutetiere wie Rehe oder Fasane, auch wenn sie sich dicht am Wegesrand tummeln. Vielleicht ist es eine Frage der Perspektive. Das Herrchen hat schon wegen seiner Größe einen besseren Überblick. Aber die Forscher glauben, dass der Hund ohnehin seine Umwelt anderes wahrnimmt als der Mensch.

Was unsere Xeni in Alarmzustand versetzt, ist aber Bewegung, möge sie auch so flüchtig sein. So fixiert sie aufgeregt und sprungbereit Autos, wenn diese am fernen Horizont zwischen den Bäumen als kleine Punkte durchhuschen.

Es hat keinen Sinn, dem Hund mit Vernunft zu kommen und ihm zu erklären, dass es sich hier nur um Autos handelt. Dann sage ich: „Xeni, sei vorsichtig. Das sind Wölfe, die sich mit vier Rädern verkleidet haben. Und Farbe wechseln können sie auch."

Ich weiß: Das klingt doof. Ich sag's ja nur, wenn keiner zuhört. Aber ein bisschen Spaß bei dem hoffnungslosen Unterfangen, unserem Hund die Welt und ihre Tücken zu erklären, gönne ich mir doch.

Atemlos aus dem Nichts

Wenn Xeni wieder einmal stiften geht, dann sage ich mir, um mein schlechtes Gewissen zu beruhigen: Was soll's, dafür wird ein Bayerischer Gebirgsschweißhund schließlich geboren. Trotzdem schimpfe ich mit der schwarzen Kleinen, wenn sie dann nach einer Weile atemlos wie aus dem Nichts wieder auftaucht und mit einem unschuldigen Blick nach Leckerchen verlangt: „Das sollst du nicht, du kleiner Räuber."
Dann guckt sie mich treuherzig an und scheint zu denken. „Ich bin doch ein großer Räuber, du Dummkopf, und dazu noch sehr gefährlich." Und wenn ich manchmal „du kleine Maus" oder „du Lump" zu ihr sage, was ich häufig tue, dann straft sie mich gänzlich mit Verachtung. Das glaube ich jedenfalls. Was ein kleiner Hund wirklich denkt, das werde ich wohl nie erfahren. Es sei denn, es gelingt mir, die Hundesprache zu lernen. Das erscheint mir doch ein wenig unrealistisch. Aber wer weiß?

Ein Jagdhund will jagen

Unsere Xena ist ein lieber und anhänglicher Hund. Aber sie ist auch ein kleines und unberechenbares Biest, ein geschickter Räuber, der seine Beute schnell und gnadenlos verfolgt. Das liegt ihr im Blut. Ein Jagdhund will jagen. Das sagt schon der Name. Er muss es sogar, sagen die Fachleute.
Wir sind uns einig, dass unsere Xena trotzdem ihren täglichen Auslauf braucht, und das möglichst ohne Leine. Das Stadtholz erscheint dafür als ideal, zumal dort Hunde freilaufen dürfen, natürlich nur auf den Wegen. Der Ausflug in die Wildbahn ist ihnen strengstens verboten.

Daran hält sich Xena - meistens. Uns wird bald klar, dass die plötzlichen Ausflüge in die Botanik ein böses Ende finden können, wenn alles schiefläuft. Entweder läuft der streunende Hund einem Jäger vor die Flinte oder er reißt ein Wild. Beides wollten wir nicht riskieren. Manchmal passiert es aber doch: meistens wie aus dem heiteren Himmel.

Das gerupfte Huhn

Es soll Leute geben, die glauben, dass weiße Hühner weiße Eier legen. Und dass die Eier von schwarzen Hennen braun sind. Was für ein Unsinn! Jeder Mensch weiß doch, dass die Farbe der Eierschale in erster Linie davon abhängt, ob die Henne glücklich ist oder eben nicht. Für eine Mär aus dem Reich der Fantasie könnte man es hingegen halten, dass es auch grüne Eier gibt, und das nicht nur an Ostern und gefärbt.

Es ist aber wahr. Es gibt sie, Hühnereier in vielen Grünnuancen. Kaum einer kennt sie, denn sie werden im Laden fast nie angeboten. Wer grüne Eier essen möchte, muss direkt zum Bauern gehen oder am besten selbst Grünleger, wie die Hennen, die grüne Eier legen, bezeichnet werden, halten. Einen Grünton der Eierschale haben verschieden Rassen; sie haben aber eines gemeinsam: Sie entstanden allesamt durch die Einkreuzung mit der Araucana, einer ursprünglich aus Südamerika stammenden Rasse. Für die grüne Farbe der Eier sorgt übrigens ein spezieller Gallenfarbstoff.

Soviel zur Vorgeschichte für einen Nachbarschaftsskandal, für den unsere Xena mitverantwortlich ist, wenn auch menschlicher Leichtsinn und die Verkettung unglücklicher Umstände mit im Spiel sind. Jagdszenen von der Hühnerwiese oder das gerupfte Huhn, auch so könnte man das turbulente Szenario auf dem Nachbargrundstück von Lea und Hubi beschreiben. Dort sind fünf Grünleger zu Hause; um ein Haar wären es auf einen Streich zwei weniger gewesen.

Eines vorweg: Unser Hündli mag Eier, egal welche Farbe sie haben. Hühner mag der Hund ebenfalls, vor allem dann, wenn er hinterherjagen kann. Das darf Xeni natürlich normalerweise nicht. Hühner und anderes Geflügel sind für sie tabu. Darauf achten wir. Doch an diesem Samstag geht alles schief.

Es passiert zuweilen, dass Träume wahr werden. Das ist bei den Menschen so, aber auch Hunde stolpern manchmal unverhofft ins Glück. Auch unsere Xeni könnte eine Geschichte davon erzählen, wenn sie es könnte. Xena würde davon berichten, wie aufregend für sie die tägliche Gassi-Strecke entlang des Nachbargrundstücks ist. Das große Gelände ist mit einem fast zwei Meter hohen Maschendrahtzaun eingefriedet. Es ist überwiegend Grünland, nur ein paar Büsche und ein stattlicher Walnussbaum sorgen dort für ein bisschen botanische Abwechslung. Für seine fünf Araucana-Hennen hat der Nachbar eine mobile Hühnerbox aufgestellt, in der die Tiere des Nachts und bei schlechtem Wetter Unterschlupf finden.

Araucana gelten als besonders zutraulich und neugierig. Tagsüber flanieren sie gackernd und pickend am liebsten am Zaun entlang und beobachten, was außerhalb der Hühnerwiese so vor sich geht. Xeni hat längst kapiert, dass der Zaun für sie ein unüberwindliches Hindernis ist und kaum die Chance besteht, dem Federvieh an den Hals zu gehen. So marschiert sie scheinbar uninteressiert an dem Gatter entlang. Nur ab und zu wirft sie den frechen Hühnern verstohlen einen Blick zu und grummelt leise vor sich hin.

Bis zu jenem schicksalhaften Samstag. Hubi hat frei. Das Tor zur Hühnerweise steht offen, die Hobbyzüchterin ist damit beschäftigt, ihre Hühner zu versorgen. Gelegenheit für ein Pläuschchen in der Nachbarschaft, denkt sich Hubi und betritt das Grundstück. Ihm auf dem Fuße folgt Xena. Es besteht keine Gefahr, dass der Hund ein Massaker unter dem Geflügel anrichten könnte, befinden sich alle Hennen doch in ihrem Stall auf Rädern. Vorsichtshalber warnt Hubi die Frau, die Box nicht zu öffnen.

„Es passiert schon nichts. Der Labrador unserer Tochter tut den Hühnern auch nichts", entgegnet die Gute - und schiebt den Riegel zurück.

Das hätte sie lieber gelassen. Zwei der wertvollen Hennen flattern wie wild von der Empore herunter, um ja möglichst schnell an die fettesten Würmer zu kommen. Was dann geschieht, darüber gibt es unterschiedliche Versionen. Während Lea, die dem Schauspiel vom Balkon ihrer Wohnung beiwohnt, von einem absoluten Chaos und einem blutrünstigen Hund berichtet, der dabei ist, die gesamte Grünleger-Population grausam auszulöschen, sieht es Hubi gelassen: „Es ist ja nichts Schlimmes passiert."

Fakt ist, dass unser Hund ausreißt und ohne Rücksicht auf energische Rückrufe im Höllentempo die Verfolgung der panisch davonflatternden Hühner aufnimmt. Es zeigt sich, dass Xeni der geborene Jäger ist, der seine Beute mit System zur Strecke bringen möchte. Nach einigen Runden auf der Wiese, mit schimpfendem Hubi im Schlepptau, gelingt es dem kleinen Räuber, das Geflügelduo zu trennen.

Nunmehr ist er nur noch einer weißen Henne auf den Fersen. Der Abstand zwischen Jäger und Beute wird immer kleiner, bis es Xena gelingt, ihr Opfer in einer Ecke zu stellen. Dann ist nur noch angstvolles Gegacker zu hören, eine Federwolke schwebt auf die grüne Wiese. Das war's, glauben alle Zuschauer. Doch Hubi gelingt es noch rechtzeitig, den Hund am Halsband zu packen und ihn von der zappelnden Beute zu reißen. Das Huhn liegt regungslos auf dem Boden. Doch dann gibt es ein Aufatmen. Die Henne lebt und sie ist nicht einmal ernsthaft verletzt.

Objekt der Begierde: Die Hühner auf der anderen Zaunseite sind für Xena normalerweise unerreichbar.

Für Xeni muss die Hühnerjagd ein Schlüsselerlebnis gewesen sein. Noch Stunden nach dem Überfall läuft sie aufgeregt durch die ganze Wohnung, der Hund jault und knurrt bedrohlich, vermutlich, weil er sein mörderisches Werk vollenden möchte. Dazu wird es aber nicht kommen, haben sich Lea und Hubi geschworen. Von nun an wird höllisch aufgepasst, wenn das Törchen zur Hühnerwiese wieder einmal offenstehen sollte.

„Das werden wir noch sehen", signalisiert uns Xenis Blick.

Ab in die Hundeschule

Grund genug, ein Jagdkontrolltraining zu buchen. Die Hundepädagogin heißt Alexandra. Sie ist eine erfahrene Trainerin und hat sogar schon ein Buch zum Thema Hundeerziehung geschrieben, das sich vor allem an Profis richtet.

Sie erklärt uns und den anderen Teilnehmern mit den gleichen Sorgen wie wir, dass das Hetzen der Beute in den Genen eines Jagdhundes quasi festgelegt sei. Anders gesagt: Wenn Bello und Co. Wildgeruch in der Nase haben, die Ohren aufstellen und die Nase heben, dann gibt es oft kein Halten mehr. Aus dem verspielten Familienhund, dem treuen Freund und Begleiter wird plötzlich ein gnadenloser Jäger, der seine vermeintliche Beute bis zur Erschöpfung, über Stock und Steine, durch Zäune und Stacheldraht, hetzt.

Das lästige Jagen könne sich im Alltag von Hund zu Hund sehr unterschiedlich dokumentieren, so die Fachfrau: Während die einen gerne hinter einem Auto, Fahrrad oder Jogger herrennen, haben sich andere auf das Hetzen von

Vögeln, Wild oder Katzen spezialisiert. Unsere Xena gehört - zum Glück - zu der zweiten Sorte. Das erscheint uns nach gründlicher Abwägung die bessere Alternative: Besser eine tote Ente als ein blutender Jogger.

Mit dem Hund „arbeiten"

Der Jagdtrieb sei bei verschiedenen Hunderassen mehr oder weniger ausgeprägt, auch von Hund zu Hund gleicher Rasse gebe es deutliche Unterschiede, sagt die Hundetrainerin. Ihr Kernsatz: „Wir wollen dem Hund das Jagen nicht vermiesen oder abgewöhnen, was gar nicht möglich ist." Das habe man früher praktiziert.

„Heute arbeiten wir mit dem Hund, nicht gegen ihn." Bei der Hetzjagd würden Glückshormone ausgeschüttet, die das Tier immer wieder erfahren möchte. Der Teufelskreis beginne: Die Jagd verselbstständige sich und werde zu einem Dauerärgernis.

Auf und davon – wie kann dieses unerwünschte Verhalten schon im Ansatz erkannt und verhindert werden? Die Antwort: Ein systematisch aufgebautes Training könne helfen, manche missliche Situation im Keim zu ersticken. Wie das funktioniert, das lernen wir bei praktischen Übungen im Wald. Dieser Weg wird für uns und unser Hündli kein leichter sein, schwant mir nach den Übungsstunden.

Das große Fressen

Kampf um Futter

Xeni hat einen gesegneten Appetit. Das ist höflich ausgedrückt. Wahr ist: Xena ist verfressen, ja gierig, wie wohl viele ihre Artgenossen. Vielleicht noch schlimmer. Mag sein, dass das daran liegt, dass sie in ihrem alten Leben im Kampf um Futter häufig zurückstecken musste. Die anderen Hunde im brandenburgischen Revier haben ihr oft nur Krumen übriggelassen. Sie waren größer, stärker und standen in der Rangordnung höher, weil sie ihre jagdlichen Pflichten klaglos und zur Zufriedenheit des Oberförsters erfüllten. Das erklärt einiges: Der kleine Hund, der in seiner Jugend hungern musste, ist versessen auf Futter. Er frisst nicht, er verschlingt förmlich alles, was er zwischen die Beißer bekommt. Er kaut nicht, er schluckt

Gesegneter Appetit: Die Gefräßigkeit unseres kleinen Hundes kennt kaum Grenzen.

alles wahllos herunter und ist dabei schier unersättlich. Das ist gefährlich. Erst neulich wäre er fast erstickt, weil ihm ein dicker Brocken getrockneten Hühnerfilets im Hals steckengeblieben ist. Erst nach langem Würgen war alles wieder gut.

Es gibt fast nichts, was Xena nicht fressen würde. Mit Ausnahme von Paprika und saurem Apfel, die der Hund zwar gierig aufschnappt, dann aber mit Verachtung wieder ausspuckt. Was Xeni nicht auf Anhieb verschlingen kann, das versteckt sie irgendwo: Unter einem Kissen, unter dem Sofa oder sie verbuddelt es wie ein Eichhörnchen irgendwo in einem Gartenbeet als Reserve für schlechte Zeiten.

Zu den Höhepunkten im Leben unseres Hundes gehören die regelmäßigen Besuche in kleinem Fachgeschäft für Tiernahrung in der Innenstadt mit dem fantasievollen Namen „Perfekt verhechelt" sowie beim „Fressnapf", der bundesweiten Kette für Tierzubehör und -nahrung.

Xena strahlt: So muss das Hundeparadies aussehen! Gleich am Eingang gibt es gratis Leckerchen zuhauf, und in den Futterregalen stapelt sich alles, was das Hundeherz begehrt: Knochen in allen Größen und Duftnoten, leckere Snacks in vielen Variationen und Geschmacksrichtungen. Xena und ihre Artgenossen lieben es, zwischen den Regalen und Ständen herumzustrolchen und hoffen, unbemerkt ein Leckerli zu erwischen.

Die Ernährung eines Hundes geht richtig ins Geld. Das weiß ich mittlerweile. Wer Gutes und Gesundes für seinen Liebling will, der muss tief in die Tasche greifen. Bei Tests habe ich herausgefunden, was Xeni - neben ihrem normalen Trocken- und Nassfutter - am liebsten frisst. Das Ergebnis ist wenig überraschend. Getrocknete Filets von

Ente und Huhn, in handliche Streifen geschnitten, munden unserem Hündli vorzüglich. Schon in Gedanken an diese Köstlichkeit leckt sich Xeni das Maul.

Die Filetstreifen duften so verführerisch, dass man sogar selber Appetit darauf bekommt. Das Kilo kostet etwa 16 Euro. Sehr lange kommt man damit nicht aus. Die Einkaufstour bietet eine gute Gelegenheit, Xenas Gewicht zu überprüfen. Im Geschäft steht eine Waage, die wir regelmäßig konsultieren.

„Ein Jagdhund darf nicht fett werden", lautet die Devise von Hubertus. Das von ihm vorgegebene Sollgewicht liegt bei unter 17 Kilo. Trotz Sport und reichlich Bewegung ist diese Marke ab und zu Mal nicht zu halten, vor allem dann, wenn Xeni für längere Zeit aus dem Gesichtsfeld ihres Herrchens entwischt und sich bei der Verwandtschaft durchfrisst. Sie verwöhnen das possierliche Hündchen nach Strich und Faden. Dann wird ihm eine strenge Diät verordnet, was der Hund mit vorwurfsvollen Blicken quittiert.

Aber selbst Hubi, der ansonsten mit strengem Auge über Xenis Fresssucht wacht, ist manchmal machtlos. Denn ihre List kennt kaum Grenzen. Ein unachtsamer Moment reicht, und schon ist es wieder passiert.

An der Haustür wird Xena üblicherweise von der Leine gelassen; sie drückt sich dann die Nase platt an der Glasscheibe zum Flur und rennt, so schnell es geht, nach oben zur Wohnung. Doch heute ist alles anders. Bevor Hubi reagieren kann, stürmt der Hund davon und spurtet ein paar Häuser weiter in die Backstube einer Bäckerei. Der Duft frisch gebackener Brötchen hat die Kleine wohl angelockt. Hubi bleibt cool. Er wartet vor dem Geschäft. Dann taucht Xeni auf, als wäre nichts geschehen. Das Fell ist über und über mit Mehl bestäubt. Und: Der Hund hält stolz ein noch warmes Brötchen zwischen den Zähnen. Noch hat es niemand gemerkt. Unauffällig treten Hubi und sein Hund den Rückzug an.

Betteln um eine milde Gabe

Der Brötchenraub zeigt: Ich muss schon höllisch aufpassen auf meinen Streifzügen. Die Gefahr für Xenis schlanke Linie lauert aber schon kurz hinter der Wohnungstür. Eine Treppe tiefe wohnt eine nette Frau, die einen kleinen Hund hat. Er ist struppig, heißt „Jessie" und ist ein Dackel-Mischling. Beide haben unsere Xena ins Herz geschlossen hat. Jedes Mal, wenn wir die Etage passieren, bellt Jessie freudig. Manchmal öffnet sich die Tür, und unser Hündli darf eintreten.

Das ist für ihn wie Weihnachten und Ostern zusammen. Denn der Hundetisch ist bei der netten Frau stets gut gedeckt – und Xena darf sich nach Belieben bedienen. Die Gastgeberin freut sich über den gesegneten Appetit unseres Vierbeiners, der im Nu eine riesige Portion an Futter verschlingt. Jessie habe ohnehin kaum Interesse an Leckerchen, sagt sie dann.

„Er frisst sie nicht, sondern verteilt das Futter nur in der ganzen Wohnung."

Die nette Nachbarin und ihre Leckerli-Vorräte üben eine magische Anziehungskraft auf unser Hündli aus. Es nützt jede Gelegenheit, um in die Wohnung eine Etage tiefer zu gelangen. Und Xeni wendet dabei Tricks an, die uns bei ihr bis dato unbekannt waren. So verlässt Hubi eines Tages die Wohnung für einige Minuten, um ein paar Sachen für das Abendessen einzukaufen. Er hält es nicht für nötig, die

Tür abzuschließen, denn schließlich lebt man in einem sicheren Hause; zudem befindet sich an der Wohnungstür außen nur ein Knauf, so dass ein schnelles Eindringen unmöglich ist.

Doch er unterschätzt Xeni. Sie schafft es irgendwie, die Klinke mit den Pfoten herunterzudrücken: Der Weg nach unten ist offen. Vor der Tür der netten Nachbarin veranstaltet der Hund ein Jaulkonzert und fordert lauthals Einlass. Er wird nicht enttäuscht. Xena wird wie immer freundlich aufgenommen und reichlich verköstigt. Als Hubi von seiner Einkaufstour wenig später zurückkommt, bekommt er einen gehörigen Schrecken. Die Wohnungstür steht sperrangelweit offen, und der Hund ist weg. Die Situation klärt sich aber schnell auf. Unschuldig blickend kommt die Kleine angehechelt und tut so, als wäre nichts geschehen.

Unser Hund scheut aber auch nicht davor, wildfremde Menschen, in deren Taschen er etwa Leckeres vermutet, um eine milde Gabe anzubetteln. Manchmal mit Erfolg. Doch Cena hat auch schon seine speziellen Freunde, die sie bereits aus weiter Ferne anpeilt und mit Gebell und Schwanzwedelnd begrüßt. Da ist zum Beispiel ein netter Herr in bestem Alter, dem wir fast täglich im Wald und am Fluss begegnen. Er hat eine Spezialität für seinen Labrador dabei, die auch in Xeni vorzüglich mundet: Getrocknete Rinderlunge, die für meine Nase ziemlich übel riecht, für Xeni aber ein begehrter Leckerbissen ist.

Und der Mann verteilt das Objekt der Begierde großzügig an die beiden Hunde, die brav vor ihm sitzen und freudig mit der Rute wedeln. Erst neulich bewies Xena, wir fantastisch ihr Riechorgan ist - ihren freigebigen Freund mit den Leberleckerlis erschnüffelte sie auf die fast

63

unglaubliche Entfernung von mehreren Hundert Metern. Der Hund nahm Reißaus und sprintete quer durch das Wäldchen zu dem edlen Spender. Dort fanden wir ihn nach etlichen bangen Minuten. Am Ende sind wir froh, dass Xenis plötzliches Verschwinden diesmal einen derart harmlosen Grund hatte.

Ein Kapitel für sich ist ein älterer Mann, der schlecht zu Fuß ist und deshalb beim Gassigehen auf ein Elektromobil angewiesen ist. Bei den regelmäßigen Begegnungen auf

Bettelhund: Dieser Hundefreund hat immer etwas Leckeres dabei.

den Spazierwegen entlang der Ems bleiben wir manchmal stehen und kommen ins Gespräch.

Er erzählt, dass er 80 Jahre alt und ziemlich krank ist, dazu seit ein paar Jahren Witwer. Sein treuer Freund und ständiger Begleiter auf den täglichen Spaziergängen entlang der Ems ist ein zotteliger und ebenfalls betagter Mischling. Er heißt Flocki und ist schon 16 Jahre alt.

„Flocki ist ein Dorfköter. Als er zu uns kam, war er so klein", erzählt der Mann und öffnet seine Handfläche. „Da passte er damals rein."

An Bord seines Gefährts hat der gute Mann stets einen großen Vorrat an Hundefutter. Während sein braunes Hündchen kaum Appetit hat, lässt sich Xeni nicht lange bitten. Frech klettert sie auf die Plattform des Seniorenmobils und bedient sich selbst ausgiebig aus der Futtertasche, die am Lenkrad hängt. Der Hundefreund wird nicht böse. Im Gegenteil: Er freut sich sogar über das aufgeweckte Hündchen. „Nicht schlimm, sie soll ruhig was haben. Man sieht doch, dass sie zu Hause zu wenig bekommt", sagt dann der edle Spender und lacht, während ich nach einer Entschuldigung für die Frechheit unserer Töle suche.

Xeni ist ganz schön dreist. Und sie hat auch noch Erfolg damit. Unser Hündli schreckt sogar nicht davor, Bauarbeiter, die sich in der Mittagspause von ihrem Knochenjob erholen, um ihr Butterbrot aus der Tupperdose anzubetteln. Die Männer sind nicht böse. Im Gegenteil: Sie freuen sich über die Abwechslung. Überhaupt: Xeni hat ein Faible für die hart arbeitende Bevölkerung. Bei einer Routinetour durch den Wald erblickt sie einen am Rand des Weges abgestellten Transporter der Forstverwaltung. Während die Männer

Sägen, Äxte und andere Gerätschaften entladen, springt der Hund durch die geöffnete Tür in den Kleinlaster. Vermutlich haben dort die Forstarbeiter etwas Essbares deponiert. Es könnte aber auch sein, dass sich unser Hündli ein Ruhepäuschen gönnen wollte oder der Meinung war, dass es nun bequem nach Hause geht. Es kostet mich ein fettes Leckerli, es wieder nach draußen zu locken.

Wie schmeckt ein Wurm?

Wie schmeckt ein Wurm? Zwar musste ich als Kind bei einer Mutprobe in einen Regenwurm beißen, doch das ist schon so lange her, dass ich mich kaum daran erinnern kann. Man könnte Xena fragen. Ihr ist es schon öfters gelungen, einem Angler, der an der Ems geduldig auf einen guten Fang wartet, seinen Köder zu stibitzen. Bei schönem Wetter machen es sich Dutzende der Petrijünger an den Ufern der Ems gemütlich. Mit bringen alles mit, was sie so brauchen: Ihr Stühlchen für die langen Stunden des Wartens mit der Angelrute, natürlich ihre Angelausrüstung und auch die Köder, mit denen die Fische angelockt werden sollen.

In der Regel sind es lebende Würmer oder Maden, die auf einer Unterlage griffbereit ausgebreitet werden. Eine verführerische Beute, nicht nur für Aal, Hecht und Karpfen - auch für unsere Xena.

Noch bevor die Angler in unser Gesichtsfeld kommen, hat der Hund mit seinem feinen Näschen schon den Leckerbissen ausgemacht. Unauffällig schleicht sich dann der kleine Räuber listig von hinten an die zappelnden Würmer heran. Manchmal gelingt es ihm tatsächlich, einen davon zu erwischen. Die Angler tragen es meist mit Humor und freuen sich sogar über die Abwechslung. Neulich machte Xena sogar eine fette Beute. Einer der Angler steckte ihr einen ganzen Fisch zu, der für seine Mahlzeit wohl zu mickrig war.

Das Märchen vom dicken Benno

Ich glaube nicht, dass unsere Xena trotz ihrer Gefräßigkeit fett und träge wird. Sie ist ein wahrer Hundeathlet, den ganzen Tag in Bewegung, bis auf die Zeit, in der sie schläft. Aber wer weiß? Als Warnung erzähle ich ihr manchmal ein Märchen. Und das geht ungefähr so.

Es war einmal ein kleiner Hund, der hieß Benno. Das weiße wollige Knäuel war ein süßes Hundebaby. Benno

Als Baby war Benno schlank und winzig

konnte noch nicht laufen. Er war winzig, umso größer war aber sein Appetit, er war ein richtiger Nimmersatt. „Ich habe Hunger, ich habe Hunger", winselte das Hündchen und suchte gierig nach den Zitzen der Hundemutter. Mit seiner Schnauze und seinen Pfötchen schubste Benno seine fünf Geschwister zur Seite, um ja möglichst viel von der köstlichen Milch zu bekommen. Benno könnte einfach nicht den Hals vollkriegen.

Kaum war sein Hunger gestillt, schon piepste und jammerte er wieder so laut und klagend, dass sich seine Mutter erbarmte und ihn wieder in ihre Zitzen ließ.

„Benno ist ein prächtiges Kerlchen. Der wird sich im Leben weit bringen", freute sie sich über den aufgeweckten Nachwuchs. Das struppige Hündchen gedieh prächtig und wuchs schnell zu einem niedlichen Welpen heran. Benno wurde bald größer und stärker als alle seine Schwesterchen und Brüderchen.

Der kleine Hund hatte immer Hunger.

„Mein Magen knurrt, ich will noch mehr", schimpfte er, als seine Mutter einmal auch die anderen Welpen füttern wollte.

Dann kam der Tag, an dem Benno ein neues Zuhause finden sollte.

Berta hatte sich angekündigt; ihr Mann war vor einem Jahr gestorben, seitdem fühlte sie sich einsam. Sie suchte einen Freund fürs Leben. Es sollte ein Hündchen sein. Als Benno davon hörte, wurde er traurig. „Was ist, wenn ich dort hungern muss? Das wäre das schlimmste", jammerte er und hoffte, dass sich die Frau einen anderen Welpen aussuchen würde.

Dann war Berta da, eine freundliche Frau mit der sanften Stimme. Sie überlegte nicht lange, ihr war sofort Benno ins Auge gefallen.

„Ich nehme den knuddeligen Weißen. Der sieht so gesund und kräftig aus. Wir werden uns sicher gut verstehen", sagte sie und packe Benno in einen Korb, den sie für die Heimreise mitgebracht hatte.

Die Fahrt dauerte nicht lange. Berta lebte am Rande der Stadt in einem schönen Haus mit einem großen Garten.

Benno fraß und fraß. Er wurde immer dicker

Dort wartete auf das Hündchen eine Überraschung: ein Teller mit den köstlichsten Leckerchen. „Das gefällt mir. Vielleicht habe ich doch Glück mit meinem neuen Frauchen", freute sich Benno.

Bennos weiches Bettchen stand schon bereit in einer Ecke des Wohnzimmers. „Mach's dir gemütlich, Benno. Wenn du Hunger hast, etwas zu essen findest du in der Küche", sagte Berta. Das tat Benno. Und er konnte es kaum glauben: Der Fressnapf war bis zum Rand mit saftigem Fleisch gefüllt. Daneben lag ein riesiger Knochen, der verführerisch duftete.

„So etwas Gutes habe ich noch nie gegessen", dachte sich Benno und legte sich satt und zufrieden in sein Körbchen.

Die Tage vergingen. Benno und Berta unternahmen lange gemeinsame Spaziergänge. Wenn sie müde und hungrig *nach Hause kamen, bereitete Berta ihrem Hündchen ein köstliches Mahl. In der Nachbarschaft lebten viele junge Hunde, mit denen sich Benno schnell anfreundete. Oft spielten und tollten sie auf dem Hof oder im Garten.*

Die Zeit verging. Berta wurde älter. Ihr Rücken zwackte, und die Beine taten ihr weh. Die Spaziergänge mit Benno wurden für sie zur Qual.

„Benno, mir geht es heute nicht so gut. Können wir nicht zu Hause bleiben? Komm, wir machen es uns gemütlich", sagte Berta. Benno nickte. Als Entschädigung gab es die fette Wurst vom Dorfmetzger, die er so gerne mochte.

Das Gassigehen durch den Wald und um den See wurde immer seltener, bis Berta eines Tages gar nicht mehr konnte. Die Füße taten ihr so weh! Nicht schlimm, sagte sich Benno, Hauptsache mein Napf ist immer gut gefüllt. Und so war es auch. Benno fraß und fraß und konnte nicht genug kriegen. Sein Bauch wurde immer dicker, das Laufen fiel ihm schwer. Auf das Spiel mit seinen Hundefreunden hatte er immer weniger Lust. Er war so schnell müde und beim letzten Wettrennen wurde er sogar von dem kurzbeinigen Dackel Fritz überholt.

„Die lachen mich doch nur alle aus. Ich gehe nicht mehr raus", beschloss Benno eines Tages. Fortan bewegte er sich nur noch, um sein Geschäft im Garten zu erledigen oder nachzuschauen, ob sein Frauchen wieder etwas Leckeres in seinen Napf gelegt hatte. Berta fuhr fast täglich in die Stadt auf der Suche nach immer neuen Spezialitäten für ihren Liebling. Im Hofladen auf dem Bauernhof holte sie feinstes Rindfleisch, beim Metzger Bennos Lieblingswurst mit extra großen Speckstücken, im Feinkostgeschäft den guten Käse von den Schweizer Hochalmen.

Benno bewegte sich kaum noch. Er wurde immer dicker, ein richtiges Pummelchen. Durch das offene Fenster hänselten ihn die Hundekinder aus der Nachbarschaft: „Benno ist ein Fettie, Benno ist ein Fettie."

Da war der Hund traurig. Dicke Tränen liefen ihm, die Schnauze herunter. Aber was soll's, sagte Benno sich trotzig, ich bekomme doch die leckersten Sachen der Welt und ihr nicht - und machte es sich in seinem Körbchen bequem.

Eines Tages kam Berta von ihrer Einkaufstour zurück und rief schon von Weitem durch die geöffnete Tür: „Benno, ich habe etwas ganz Besonderes für dich gefunden."

Das muss ich sofort sehen, dachte Benno und wollte schnell aufspringen. Aber, oh weh. Ihm wurde schwarz vor

Benno wurde so dick, dass er sich kaum bewegen konnte.

den Augen, er stolperte über seinen Bauch und purzelte der Länge nach auf den Boden. Benno konnte nicht aufstehen. Ihm war es übel. Berta bekam einen großen Schrecken. Sie versuchte, ihr Hündchen aufzurichten, doch es ging nicht – Benno war zu schwer. „Hilfe, mein Benno stirbt", rief Berta in Panik. Das hörte ein Nachbar. Er eilte sofort herbei. Mit vereinten Kräften gelang es, Benno auf die Beine zu heben. Gemeinsam trugen sie ihn zum Auto und fuhren auf dem schnellsten Wege zum Tierarzt.

Als der Doktor den Hund sah, schüttelte er den Kopf: „Benno muss schnell abspecken, sonst ist er bald tot. Das viele Fressen hat ihn krank gemacht." Nur viel Bewegung und eine gesunde Ernährung, sagte der Tierarzt, könnten Bennos Leben retten. Das hörte auch Benno, noch ein bisschen benebelt. Ich will nicht sterben, ich bin doch noch so jung, überlegte er. Ich will alles tun, dass ich wieder ganz gesund werde. Der Schock war auch Berta tief in die Knochen gefahren. Es wäre doch nur ihre Schuld, wenn sie ihren besten Freund verliefen würde, machte sie sich Vorwürfe. Der Hund und sein Frauchen nahmen sich den Rat zu Herzen.

Berta servierte fortan ihrem Liebling nur gesundes Futter: Mageres Fleisch, angereichert mit Vitaminen und Gemüse. Manchmal kochte sie auch für sich und ihren Hund etwas aus guten Zutaten. Nur zweimal am Tag durfte Benno nun zu seinem Napf.

Die neue Kost bekam ihm gut. Der Hund fühlte bald neue Kraft und Energie und bekam sogar Lust, wieder draußen mit den anderen Hunden zu toben. Der Anfang war schwer, er keuchte den anderen hinterher mit hängender Zunge.

Aber er gab nicht auf. Die Pfunde purzelten nur so, und Benno wurde von Tag zu Tag schlanker und schneller. „Lass uns um die Wette rennen, wer als Erster am Zaun ist." Es ging los. Benno wurde zwar nicht der Sieger, aber der Dackel Fritz hatte keine diesmal Chance gegen ihn. Aus Benno wurde wieder ein gesunder und fitter Hund. Und auch Berta war glücklich: Ihr vierbeiniger Freund würde ihr noch viele Jahre erhalten bleiben, war sie überzeugt. Und wenn Benno wieder einmal den ganzen Tag mit den anderen herumgetollt hatte und am Abend müde und zufrieden nach Hause kam, gab es zur Belohnung ein Stück seiner Lieblingswurst – die mit den extra großen Speckstücken.

Benno wurde wieder ein fitter und gesunder Hund.

Tödliche Gefahr

Gefährlich wird Xenas Fresssucht immer dann, wenn sie auf dem Weg oder im Gebüsch etwas Essbares erschnüffelt und es dann blitzschnell verschlingt, bevor wir reagieren können. Wenn wir Glück haben, war es nur ein Butterbrot, das ein Kind auf dem Schulweg weggeworfen hatte, eventuell ein Stück Pizza oder die Reste eines Döners, die irgendwer in der Botanik entsorgt hatte, der keinen Hunger mehr darauf hatte.

Wenn es aber blöd läuft, dann wird unser Hund eines Tages einen Giftköder oder ein mit einer Rasierklinge präpariertes Leckerli erwischen, die von hirnlosen Hundehassern an markanten Punkten der beliebten Gassi-Strecken ausgelegt werden. Zum Glück tauschen sich die Hundefreunde in den sozialen Netzwerken rege aus und warnen vor der tödlichen Gefahr.

Xena liebt alles, was stinkt und eklig aussieht. Erbrochenes, Exkremente und Tierkadaver ziehen sie geradezu magisch an. Bevor man eingreifen kann, wälzt sich der Hund ausgiebig in der widerwärtigen Masse, bis sein Fell davon großflächig beschmiert und durchtränkt ist. Unser Hündli riecht dann bestialisch und muss sich zu Hause unter der Dusche einer gründlichen Ganzkörperreinigung mit Bürste und Seife unterziehen. Xeni guckt dabei sehr unglücklich drein, fügt sich dann aber ihrem Schicksal.

Mit Lust und Appetit

Mit Lust und Appetit schleckt unser Hündli halbleere Joghurt- und Quarkbecher aus, wobei sie diese geschickt zwischen ihren Pfoten festhält. So kann nichts verrutschen. Sie leckt zunächst mit Genuss den Rand des Bechers ab, bevor sie ihre Nase bis auf dem Boden eintaucht.

Die Folgen sind klar: Der Kopf der Kleinen ist bis über die Ohren mit der klebrigen weißen Masse beschmiert. Sie kommt zögerlich angetrabt und weiß, was ihr nun blüht.

„Du bist ein Dreckfink. So wie du aussiehst, guckt dich kein schöner Hund an", sage ich dann und wische ihr die Joghurtreste mit einem feuchten Tuch aus dem Fell und von den Pfoten. Der Hund mag das nicht und versucht, seinen Kopf abzuwenden. Er weiß aber, dass jeder Widerstand zwecklos ist - und lässt das lästige Prozedere am Ende über sich ergehen.

Ich muss gestehen, dass Xena auch am Tisch ab und zu mal einen Leckerbissen abbekommt. Ich weiß: Allen Hundetrainern stehen bei dieser Vorstellung die Haare zu

Kleiner Naschhund: Mit Leidenschaft schleckt Xena Joghurtbecher aus. Sie stellt sich dabei sehr geschickt an.

Berge. So etwas tut man nicht! Das ist ein schlimmer Verstoß gegen alle Regeln der Hundepädagogik, höre ich schon die Kritiker rufen. Sie haben alle recht. In diesen Chor stimmt auch Angie ein. Um mein schändliches Tun zu verschleiern, tue ich dann so, als wären mir die Happen zufällig von der Gabel auf den Boden gefallen. Übrigens: Seit Xena regelmäßiger Gast in unserem Haus ist, hat der

Spiel an der Ems: Mit Lauri ist unser Hund gerne unterwegs.

Staubsauger, zumindest in der Küche, fast ausgedient. Mit ihrem feinen Näschen findet der Hund auch den letzten Krümel.

Auch nach fast zwei Jahren ist mein Wissen um die faszinierende Welt des Hundes ist eher rudimentär - auch darüber, was ein Hund fressen sollte und was nicht. Eines ist in puncto Ernährung aber auch bis zu mir durchgedrungen: Es gibt Lebensmittel, die einem Hund nicht bekommen oder für ihn sogar giftig sind, so Zwiebeln und Knoblauch, Kakao und Schokolade, Weintrauben und Rosinen sowie Leber und Kohl. Auch Koffein zählt dazu.

Der Plätzchendieb

Das hat unser Hund offenbar vergessen, als er eine volle Tüte Schoko-Kaffeebohnen stibitzte und restlos verschlang. Sie war putzmunter nach dieser Missetat. Und auch der dreiste Diebstahl feiner Lindt-Schokoladeneier, die Lea in einem eigentlich gut gesicherten Schrank für die schönen Stunden des Tages aufbewahrt, blieb für die Kleine komischerweise ohne Folgen.

Schon fast legendär ist Xenis Diebstahl frisch gebackener Vanillekipferl kurz vor dem Weihnachtsfest. Lea hatte mehrere Bleche der beliebten Plätzchen als süße Überraschung für ihre Kollegen gebacken und auf der Küchenablage drapiert. Am nächsten Tag sollte die Dose mit dem feinen Backwerk auf Reise zur Firma gehen.

Nur für ein paar Minuten verließ Lea das Haus, um ein paar Besorgungen zu machen. Der Hund blieb alleine mit den Kipferln. Bis heute ist ungeklärt, was dann geschah, wie es Xeni schaffte, die Dose von Arbeitsfläche zu stoßen, die für sie normalerweise zu hoch und damit unerreichbar ist. Irgendwie gelang es ihr doch. Die Dose polterte auf den Boden, die Plätzchen verteilten sich in der ganzen Küche. Unser Hündli verschlang die meisten auf Anhieb, den Rest versteckte es im Schlafzimmer unter Kissen und Bettdecken, wo sie nach und nach wieder zum Vorschein kamen. Klebrige Puderzuckerspuren und Krümel waren im ganzen Bett verteilt. Lea musste in aller Eile eine Backsonderschicht einlegen, um den Kollegen doch noch die Vorweihnachtszeit zu versüßen.

Erziehung über die Gier

Xenas Verfressenheit ist zwar lästig, aber sie hat aber auch ihre guten Seiten. Denn ihre Erziehung erfolgt fast ausschließlich über ihre Gier. Für ein Leckerchen, möge es auch noch so klein sein, tut das Hündli (fast) alles. Und es kommt im Laufe des Tages ein schöner Haufen zusammen, um ihr bessere Manieren beizubringen.

Es ist aber beileibe nicht so, dass sie völlig verwildert und unkultiviert zu uns gekommen wäre. In ihrem früheren Leben hatte sie bereits einiges gelernt, denn schließlich sollte sie ein perfekt ausgebildeter Jagdbegleiter werden.

Daraus wurde bekanntlich nichts. Aber die Grundkommandos wie „Sitz", „Platz" oder „Bleib" hat sie in „ihrer Lehre" in Brandenburg verinnerlicht. Darauf wollten wir nun aufbauen. In der Fachliteratur steht viel darüber, wie man aus einem ungezogenen Hund einen gehorsamen Freund formt, der einem jeden Wunsch von den Augen abliest.

Auf dem Papier hört sich das alles gut und einfach aus, doch die Praxis ist mühselig und erfordert von Hund und

Herrchen viel Geduld, Fleiß und Nachsicht. „Ruhig und ausgeglichen präsentiert sich der Bayerische Gebirgsschweißhund, wenn er richtig gefordert wird und arbeiten darf", fand ich im Internet einen Hinweis zu diesem Thema. Und: „Bei der Erziehung macht der Bayerische Gebirgsschweißhund in der Regel nur wenige Probleme, wenn er genügend Aufmerksamkeit seines Besitzers erhält und ihm eine ausreichende Beschäftigung und Bewegung ermöglicht wird". Das klingt gut. Wir halten uns an diese Empfehlungen.

Auf zum Trimm-Dich-Pfad

Die Älteren werden sich noch erinnern: Die „Trimm Dich fit"-Bewegung erfasste seit Ende der 1960er Jahre ganz Deutschland. Unter dem Motto „Runter vom Sofa, ran an das Trimmgerät" wurden in vielen Städten Trimm-Dich-Pfade angelegt.

Die Idee: Durch regelmäßige Bewegung sollten die Wohlstandsbürger den Zivilisationskrankheiten wie Übergewicht, Diabetes oder Herz- und Kreislauferkrankungen vorbeugen. Auch in der Doppelstadt an der Ems ließ man sich von der Sportbegeisterung anstecken. 1973 wurde im Stadtholz ein Trimm-Dich-Pfad angelegt. An 20 Stationen, mit einfachen Fitnessgeräten bestückt, haben seitdem ganze Generationen von Rheda-Wiedenbrückern etwas für ihre Fitness und gegen ihren dicken Bauch getan.

Nach und nach ebbte die Trimm-Dich-Welle ab. Die Bewegung an der frischen Luft war nicht mehr in, Fitnessstudios und sportliche Modetrends wie Aerobic oder Breakdance lösten „Trimm Dich" ab. Die ausgeschilderten Kurse verkamen langsam, an den

Beliebte Gassi-Meile Stadtholz: Vor allem am Wochenende stapeln sich die Kottüten in den Abfalleimern.

Geräten nagte der Zahn der Zeit. Doch die Trimm-dich-Bewegung erlebt seit einiger Zeit eine Wiedergeburt. Grund genug, auch den hiesigen Trimm-Dich-Pfad von Grund auf zu sanieren.

An den 20 Stationen des knapp drei Kilometer langen Bewegungskurses wurden vor einigen Jahren neue Geräte samt Beschilderung installiert. Sie erfreuen sich reger Beliebtheit bei Jung und Alt.

Auch Xeni und ich stellen uns täglich der sportlichen Herausforderung. Da ein Hund nur schwerlich für Klimmzüge, Dehnen, Situps oder Rumpfkreisen zu begeistern ist, konzentrieren wir uns auf jene Stationen, die für Mensch und Hund besonders geeignet sind.

„Mach, hopp." Der Hund sitzt hinter dem Metallbügel und starrt mich an. Er bewegt sich keinen Millimeter. Ich greife in die rechte Tasche und hole eine Plastikdose heraus. Die war ursprünglich für Halspastillen gedacht, ich bewahre darin unsere Leckerlis auf. Das hat sich bewährt. Ich hole ein schönes Stück Hühnerfilet heraus. „Xena, mach doch hopp", wiederhole ich mit Nachdruck.

Der Hund starrt auf den Leckerbissen in meiner Hand – und schwebt elegant über die Hürde. Er schnappt sich den Happen. Hurra, es klappt, freue ich mich. Ich bin ein richtig guter Hundeerzieher.

Die Station heißt „Froschhüpfen". Es sind vier im Waldboden installierte Metallbügel. Der Freizeitsportler wird angehalten, die etwa 30 Zentimeter hohen Hindernisse aus dem Stand zu überspringen. Das soll die Koordination schulen. Nicht jeder schafft es, aber unser Hund. Das freut mich tierisch. Nach dem letzten Hüpfer gibt's Lob und Leckerli. Was denn sonst?

Und mach hopp: Auf dem Trimmpfad wird tüchtig trainiert.

Die Slackline, die erst kürzlich die starre Balancierstange aus Metall ablöste, eignet sich prima als Trimmgerät für beide. Während ich mehr oder weniger geschickt auf dem wackligen Band balanciere und nach wenigen Metern abgeworfen werde, hüpft Xeni auf das Kommando „Und hopp" elegant über das etwa 40 Zentimeter hohe Hindernis. Natürlich ist dann wieder einmal eine leckere Belohnung fällig.

Die Stürme der jüngsten Zeit und der gefräßige Borkenkäfer haben auch im Stadtholz Spuren hinterlassen. Viele umgestürzte und gefällte Bäume stapeln sich entlang der Wege und warten auf Abtransport. Die Stämme eignen sich hervorragend für unsere Übungen. Wir springen oder balancieren darüber. Das macht beiden Spaß.

Eine echte Herausforderung, zumindest für den Hund, ist die Slalomstrecke, die sich ziemlich am Ende des Pfades befindet. Die Aufgabe: Die Freizeitsportler sollen die fünf hintereinander im gleichen Abstand angebrachten Stangen im Slalom meistern – sie sollen entweder rennen oder joggen, je nach Fitness. Die Übung sei gut für das Ausdauertraining, steht auf dem Hinweisschild daneben. Während ich ganz leidlich über die Strecke komme, verliert der Hund hier und da die Orientierung. Aber an der Leine klappt es schon ganz ordentlich. Das als Agility bekannte Trainingskonzept lässt grüßen. Sport, Spaß und Geschicklichkeit auf der frischen Luft – das tut Mensch und Hund gleichermaßen gut.

Das Trimmen erweitert

Xena und ich haben das Trimmen um weitere Disziplinen erweitert. Schon ein Klassiker ist das Stöckchenwerfen. Ich weiß, dieses uralte Spiel ist ein wenig in Verruf geraten. Kritiker glauben, dass die Hatz hinter dem Stock den Jagdtrieb des Hundes nur noch weiter anstachelt. Außerdem könne sich das Tier schwer verletzten, wenn das Stöckchen einmal im Boden stecken bleibt und eine scharfe Spitze herausragt, die sich tief in den Rachen des Hundes bohren kann. Zudem verschlucke der Hund beim Apportieren Dreck und Borke, was nicht gut für seinen

Hol Stöckchen: Gerne sucht sich das Hündli die größten Exemplare aus.

Magen sei. Das stimmt alles. Trotzdem machen wir dieses Spielchen bei fast jedem Streifzug. Wenn unsere Xena am Wegesrand einen schönen Ast aufspürt (ich achte natürlich darauf, dass er nicht zu spitz, einigermaßen sauber und ohne Rinde ist) und vor meine Füße legt, kann ich einfach nicht Nein sagen. Das Spiel beginnt. Es läuft so lange, bis einer von uns beiden keine Lust mehr hat.

Hundepädagogisch empfohlen wird hingegen die „Arbeit", wie es Hundetrainer gern bezeichnen, mit dem Dummy. Xena nennt ein ganz besonderes Exemplar ihr Eigen: Aus echtem Kaninchenfell und mit einem Reißverschluss, so dass darin auch einige Leckerchen versteckt werden können, die der Hund nach erfolgreichem Training als Belohnung bekommt.

Das Apportel wurde in einer kleinen Manufaktur in der Slowakei in Handarbeit hergestellt, ist dem Begleitzettel zu entnehmen. Welch ein Zufall, stammen doch Xenis Vorfahren auch aus der Slowakei. An dem Dummy ist eine Schnur in leuchtendem Orange befestigt, die einen weiten Wurf in die Botanik ermöglicht. Xena rast hinterher, schnappt sich das Kaninchenfell und bringt es brav wieder zurück. Dabei schüttelt sie heftig mit dem Kopf, als würde sie ein echtes Kaninchen in Stücke reißen.

Das Spiel kann von Neuem beginnen. Anfangs verspürte unser Hündli nur wenig Lust, das Wurfgeschoss zurückzugeben. Stattdessen rannte Xena davon und versuchte in sicherer Entfernung, die Haare aus dem Fell zu rupfen. Es hat ziemlich lange gedauert, bis sie kapiert hat, dass sich das Apportieren für sie lohnt – weil dann wiederum eine leckere Belohnung auf sie wartet.

Als eine richtige sportliche Disziplin würde ich unser nächstes Spiel nicht bezeichnen – es dient eher der Entschleunigung. Entlang der Wege stehen im Stadtholz an besonders schönen Stellen bequeme Ruhebänke. Es hat sich eingebürgert, dass wir dort eine kleine Ruhepause einlegen. Xeni spitzt schon die Ohren, wenn ich den Ruf „eine Bank, eine Bank, eine klitzekleine Bank" anstimme. Sie weiß, dass in Kürze eine Extrafütterung stattfindet. Ich greife in meine Dose und hole mit einer ausladenden Bewegung zwei Leckerlis heraus. Mit einem lauten „Tschscht" platziere ich die Happen auf der Bank, wo sie der Hund mit Genuss und Geschick abpickt.

Die Eichhörnchenbank

Fast täglich laufen wir im Stadtholz an einer Steinbank vorbei, die mitten im Wald nah an einem Trimmgerät steht. Bislang schenkten wir dem seltsamen Gebilde kaum Beachtung. Die arg verwitterte Konstruktion aus Steinplatten wirkt nicht gerade einladend und ist auch nicht besonders bequem, wie ich mich überzeugen konnte. Einige Male haben dort einen Stopp eingelegt, um unser beliebtes Leckerchen-Spielchen „Eine klitzekleine Bank" zu praktizieren. Dabei ist mir eine Inschrift aufgefallen, die in die Rücklehne der Bank eingemeißelt ist. Der Versuch, die teilweise abgebröckelten Buchstaben zu entziffern, scheiterte auf die Schnelle. Immerhin habe ich verstanden, dass es bei dem eingelassenen Spruch um Blumen geht. Ohne sich weiter Gedanken über das merkwürdige Bauwerk mitten im Wald zu machen, zogen wir weiter.

Mein Interesse für die Steinbank wurde erst wiedererweckt, als ich neulich zufällig bei Facebook ein Video entdeckte, das gerade diese Bank und ihre Geschichte zum Thema hat. Der ehemalige langjährige Wiedenbrücker Ortsheimatpfleger Christoph Beilmann hat auf Wunsch mehrerer geschichtsinteressierter Mitmenschen in den Archiven gewühlt und dabei einige interessante Fakten und Daten zu der alten Sitzbank zutage befördert.

Der Heimatforscher erzählt dazu eine spannende Geschichte, die ihren Anfang vor mehr als 100 Jahren nimmt. Er stellt fest, dass die Bank in ihrer jetzigen Erscheinung unvollständig ist. Denn es fehlen die beiden ebenfalls aus Stein gefertigten Eichhörnchenfiguren, die

Ein Stück Geschichte: Xeni macht es sich auf einer Steinbank bequem, die 1913 mitten im Wald errichtet wurde.

früher auf beiden Armlehnen platziert waren. Deswegen sei zu jener Zeit auch die Bezeichnung „Eichhörnchenbank" üblich gewesen. Wo die kleinen Steinskulpturen abgeblieben sind, sei nicht bekannt, bedauert Beilmann. „Sie wurden vor Jahren abgebrochen und sind seitdem verschwunden."

Eigentlich müsste sich Xeni brennend für diese Bank interessieren, trägt sie doch im Volksmund den Namen des geschickten Baumkletterers, der zu den bevorzugten Beutetieren des kleinen Räubers gehört. Doch Xeni ist die Bank ziemlich schnuppe, unser Hund hat einfach keinen Sinn für die Ortshistorie.

Dem rührigen Heimatfreund gelang es, den eingravierten Schriftzug zu entziffern. Dieser lautet: „Lasset die Blumen steh'n und den Strauch, andere die vorübergeh'n freuen sich auch".

Auch zur Entstehungsgeschichte der Steinbank und des gesamten Wäldchens an der Ems berichtet Beilmann Wissenswertes. 1913, aus Anlass des 25-jährigen Regierungsjubiläums des letzten deutschen Kaisers Wilhelm II, der von 1888 bis 1919 regierte, wurde das Stadtholz in „Kaiserforst" umbenannt. Ganz Wiedenbrück war damals auf den Beinen. Man feierte mit großem Umzug und einem feierlichen Festakt in der „Reitbahnhalle". Diese wurde vor vielen Jahren abgerissen, sie befand sich auf dem heutigen Parkplatz gegenüber der Gastwirtschaft „Alte Tenne".

Zeitgleich mit der Umbenennung wurde im Eingangsbereich des Kaiserforstes, am Burgweg, eine Steinsäule eingeweiht, auf deren Spitze sich ein großer Adlerkopf befand. Die Säule wurde später wieder abgebaut, was aus ihr geworden ist, sei nicht bekannt, so

Beilmann. Anders der Adler: Er hängt heute noch am Balkongeländer des Hauses Flaskamp an der Ringstraße. Die Eichhörnchenbank wie auch die Säule mit dem Adler wurden vom heimischen Künstler Anton Moormann geschaffen. Nach Recherchen des früheren Ortsheimatpflegers wurde die Steinbank durch eine private Spende finanziert. Es war Clara Osterrath, die Ehefrau des damaligen Wiedenbrücker Landrates Ernst Osterrath, der dieses Amt von 1882 bis 1898 bekleidete, die als Stifterin in die Annalen ihrer Heimatstadt einging.

Seltsame Tiere

Pferde sind groß und auch von Xeni kaum zu übersehen. Sie tauchen im Stadtholz regelmäßig auf. Am Wochenende werden zuweilen Ponys durch den Wald geführt, auf deren Rücken Kinder sitzen und sichtlich glücklich den Ausritt genießen. In der Woche treffen wir dort manchmal auch Einzelreiter, die in der schönen Natur ihre Runden drehen. Die erste Begegnung mit einem Pferd war für Xena richtiger Schock. So ein großes Tier, das zudem so seltsam riecht, hat sie in ihrem bisherigen Leben nicht gesehen.

Mit Gebrüll auf das Monster, beschließt der Hund. Es gelingt mir noch rechtzeitig, ihn am Geschirr zu packen, doch beim Versuch, die Leine dranzumachen, schnappt der Karabinerhaken daneben. Wie von Sinnen rennt Xena hinter dem Pferd her und tänzelt laut bellend um seine Beine. Pferd und Reiterin bleiben zum Glück gelassen.

„Nehmen Sie ihren Hund lieber an die Leine. Er könnte schwer verletzt werden, wenn mein Pferd austritt", warnt die Frau im Sattel.

Endlich habe ich den Hund wieder unter Kontrolle. Es ist noch mal gutgegangen. Von nun an bin ich vorsichtig und scanne mit den Augen das Gelände vorausschauend ab, ob ein Pferd in Sicht ist. Aber die Sorge ist mittlerweile gewichen. Unser Hündchen hat sich nach und nach an Pferde gewöhnt. Zwar lenke ich es immer noch mit einem Leckerchen ab, wenn wir welche treffen, aber auch das scheint nicht mehr nötig zu sein. Xena schreitet uninteressiert an ihnen vorbei.

Hund sein

Wir reden miteinander

Die Kommunikation zwischen Menschen und Hund ist wichtig. Das betonen die Fachleute unisono. Xena und ich halten uns daran, wenn wir gemeinsam im Wald oder am Fluss unterwegs sind. Die Unterhaltung ist indes ein wenig einseitig. Während ich beständig dem Hund die Welt und ihre Geheimnisse erkläre, leise vor mich hinsumme, pfeife oder singe, schweigt das Tier.

Dabei bin ich einigermaßen kreativ. Bekannte Lieder werden von mir so umgedichtet, dass sie auf unser Hündli passen. So erschallen Liedzeilen wie „Xenilein, du sollst nicht traurig sein", „Xeni, Xeni, klingt's aus dem Wald", „Xeni, Xeni, deine Welt sind die Berge" oder „Xeni ist eine freche Maus, morgen kommt der Nikolaus" zwischen all den Tannen und Kiefern. Natürlich nur dann, wenn ich mir sicher sein kann, dass niemand zuhört. Aber das ist mir nicht genug.

Auch eigene Kreationen gehören mittlerweile zum Repertoire. Wenn wir uns der Heimat nähern und langsam die Müdigkeit kommt, mache ich mir Mut und singe: „Ich kaufe mir ein klitzekleines Brötchen und die Xeni kriegt nichts.". Dann tut mir das hungrige Hündchen neben mir leid und ich stimme die zweite Strophe an: „Ich kaufe mir ein klitzekleines Brötchen und die Xeni kriegt eine Wurst.". Ich habe sogar ein komplettes Lied inklusive Text und Melodie komponiert. Die erste Strophe geht so:

Jagen, fangen, töten
und ein Biss in die Klöten,
die ganze Welt ist eine Hatz,

und zum Nachtisch gibt's eine Katz`.

Die zweite Strophe möchte ich Ihnen vorenthalten. Aber sie ist auch nicht besser. Aber Xeni beschwert sich nicht, und das ist die Hauptsache.

Hunde-Coaches fordern von ihren Jüngern, dass die Kommandos klar und prägnant sein müssen. Wir halten uns daran – meistens. So hat sich im Laufe der Zeit eine Redewendung etabliert, mit der ich Xeni, wenn sie hier und da beim Schnüffeln die Welt um sich vergisst, zum Weitergehen überreden möchte: „Immer weiter, immer weiter, Xeni ist ein Schimmelreiter."

Es ist der reine Unsinn, ich weiß. Aber der Hund hat mittlerweile kapiert, was ich damit von ihm will. Unser Hündli ist klug. Relativ gesehen. Große Wunder darf man nicht erwarten, denn schließlich sollen Hunde in etwa die Intelligenz eines Kleinkindes haben. Und das versteht auch nicht immer und sofort, was richtig und was falsch ist oder was man von ihm will.

Die Sprache des Hundes

Das Bellen ist die Sprache des Hundes. Damit kommuniziert er mit seinen Artgenossen und auch mit uns Menschen. Wir können unsere vierbeinigen Freunde verstehen, wenn wir uns nur ein wenig anstrengen. Forscher haben herausgefunden, dass ein Herrchen auf Anhieb erkennt, was ihm sein Hund mitteilen möchte - ohne, dass er ihn dabei sieht. Ob der Hund Hunger hat, verängstigt ist, spielen möchte oder auf Angriff schaltet, all diese Stimmungen und Wünsche verrät uns die Stimme eines Hundes.

Als unsere Xena zu uns kam, konnte sie nicht sprechen. Sie bellte nicht, egal, was um sie herum passierte. Nur ein kümmerliches Krächzen kam aus ihrem Hals heraus. Ließ man sie auch nur für einen Augenblick alleine, jaulte sie herzergreifend und nahm dabei die typische Körperhaltung eines Wolfes an: Der Hals gestreckt, die Nase gegen den Himmel gerichtet - ein Trauma, das bis heute nicht ganz überwunden ist, vermuten wir. Vielleicht war ihr das Sprechen in ihrer alten Heimat verboten. Ein Hund, der bellt, der nervt eben. So mag es der Revierförster gesehen haben. Das ist aber nur eine Hypothese.

Mittlerweile ist alles gut. Fast alles. Denn Xeni hat die Sprache wieder. Und sie hat ihre wahre Freude daran. Gebellt wird bei jeder möglichen und unmöglichen Gelegenheit. Bei Begegnungen mit anderen Hunden und beim Betteln um Futter, wenn die Nachbarn hinter dem Zaun auftauchen oder ein Fasan plötzlich aus dem Gebüsch flattert.

Doch Xeni bellt manchmal einfach so, ohne Grund, nur weil es ihr so viel Spaß macht. Als würde sie sagen „Hört alle her, das hier ist mein Revier. Ich bin die Königin des Waldes."

Wir freuen uns, dass der kleine Hund so große Fortschritte macht. Und wir haben das Gefühl, dass Xeni mit uns spricht. Ihr langgezogenes „Hauwauwau", das sie gerne zur Begrüßung anstimmt, klingt tatsächlich ein bisschen so wie das menschliche „Hallo".

Wer zu viel redet, der kann anderen aber auf Dauer ganz schön auf den Keks gehen; das kennt man von den Menschen auch. Und auch Xena neigt hier und da zur Übertreibung. Das ewige Gebelle ist mittlerweile ganz schön lästig, wenn wir immer wieder erklären müssen, dass das, was sich als aggressives und ungezogenes Gehabe anhört, nicht so gemeint ist und unser Hund überhaupt eigentlich eine nette und verträgliche Kreatur ist.

Doch wie soll man dem Hund beibringen, dass es manchmal besser ist zu schweigen? Wir arbeiten daran. Gutes Zureden hat sich nicht bewährt und auch das leichte Kneifen in den Po, um den Kläffer zur Raison zu bringen, zeigt nicht die gewünschte Wirkung. Nun starten wir einen Versuch mit einem Wasserzerstäuber. Eine kalte Dusche mag unser Hund nämlich überhaupt nicht. Wenn's auch damit nicht klappt, brauchen wir dabei vielleicht doch professionelle Unterstützung: einen Hundeflüsterer.

Xena macht Urlaub

Auch ein Hund braucht mal Urlaub. Das ewige Gestrolche im Wald, das wilde Hetzen hinter Fasan & Co. und das ständige Betteln um Leckerli kosten Kraft und Nerven. Eine Pause muss her, bevor ein Burnout oder Schlimmeres passiert.

Lea und Hubi beschließen, ein paar Tage an der Ostsee zu verbringen. Das Hündli wird natürlich dabei sein. Die milde Luft wird allen gut tun. Das Arrangement ist perfekt: Das Hotel liegt direkt am Wasser, Hunde sind dort willkommen. Nur einige Meter entfernt befindet sich ein langer Sandstrand, an dem sich Hunde ohne Leine so richtig austoben können. Also los, auf ins Urlaubsabenteuer. Es geht zum Strand. Die Sonne scheint, es weht ein mildes Lüftchen. Die Wellen der Ostsee brechen sich sanft an der Sanddüne. Wie schön! Lea und Hubi atmen kräftig durch und öffnen den Karabiner.

Xena verliert keine Zeit. Mit einem Sprung nimmt sie Fahrt auf und sprintet mit Höllentempo von dannen. Eine Möwe, die in einiger Entfernung nichtsahnend herumstolziert, ist das erste Ziel. Der Vogel fliegt davon, doch Xeni ist nicht zu halten. Sie rennt und rennt …bis nur ein winziger Punkt am Horizont zu sehen ist. Keine Straßen, keine Zäune, keine Bäume - so eine schier grenzenlose Weite hat Xeni noch nicht erlebt.

Längst hat sie den Hundebadestrand hinter sich gelassen. Sie läuft und läuft. Kein Rufen, kein Gestikulieren helfen. Der Hund genießt seine neue Freiheit. Lea und Hubi sind verzweifelt. Was ist, wenn das Hündli, nicht mehr zurückfindet, hier kennt es sich doch nicht aus.

Lieblingsort: An der Ostsee hat sich Xena einen Stammplatz im Strandkorb erobert.

96

Doch dann ist Xeni wieder da. Mit hängender Zunge, wedelnder Rute und strahlenden Augen kommt sie von ihrem Strandausflug zurück. Das reicht. Jetzt wird aufgepasst.

Aber bald kommt die Entwarnung. Xena hat keine Lust mehr auf Solotouren. Sie lernt die Vorzüge eines entspannten Seeurlaubs kennen. Im Strandkorb ist es so gemütlich, und man hat einen guten Überblick über alles, was so im Wasser und im Sand passiert. Der Platz im Strandkorb ist von nun an besetzt. Lea muss mit der mitgebrachten Decke Vorlieb nehmen, während der Hund auf dem weichen Strandkorbsitz thront. Mit dem weichen Sand und dem kalten Ostseewasser kann sich das Hündli

Der beste Freund: Auch wenn es ihr schwer fällt, bewacht Xena den Großeinkauf im Kofferraum.

nicht so recht anfreunden. Es ist so klebrig und so nass. Lieber hält der Hund die Stellung im Strandkorb.

Xena ist wasserscheu

„Der Bayerische Gebirgsschweißhund will und kann bei jedem Wetter raus. Ihnen durften deshalb scharfe Steine ebenso wenig ausmachen wie Unwetter, Schnee oder die hohen Anforderungen an ihre Fähigkeit zu klettern", so steht es in einem der Fachbücher. Was das Klettern anbetrifft, kann ich diese Behauptung bei uns auf dem platten Land kaum überprüfen. Fakt ist aber, dass Xeni elegant und scheinbar mühelos jede Straßenböschung hochspurten kann.

Mit dem Wetter ist es aber so eine Sache. Denn Xeni ist wasserscheu. Wenn der erste Regentropfen vom Himmel fällt, stellt sie sich schlafend in ihrem Körbchen, um nur nicht Gassi gehen zu müssen. Werden wir dann draußen doch von einem Schauer überrascht werden, dann verkrümelt sich das Hündli zwischen meinen Beinen und sucht Schutz im Gebüsch oder unter einem Baum. Da hilft nur eines: Warten, bis das Unwetter vorbeigezogen ist.

Es gibt Hunde, die das Schwimmen lieben und bei jeder Gelegenheit im Wasser herumtollen. Immer wieder beobachte ich vom Ufer der Ems fasziniert, mit welcher Begeisterung ein Labrador, ein Golden Retriever oder ein Neufundländer ins kühle Nass springen und dort ihren Spaß haben, und das zu jeder Jahreszeit, egal ob es regnet oder schneit.

Unsere Xena ist, wie gesagt, eher wasserscheu. Sie tapst mit aller Vorsicht mit den Pfoten in die Ems, vor allem, um ihren Durst zu stillen.

Bei der Hatz nach einer Ente oder einem Fasanen kommt sie dem Wasser allerdings manchmal gefährlich nah. Wie bereits erwähnt, ist sie schon zweimal unkontrolliert in den Fluss gepurzelt und musste von mir aus ihrer misslichen Lage gerettet werden. Unser Hündchen sah da aus wie der sprichwörtliche begossene Pudel.

Doch als im vergangenen Sommer Wochen eine Affenhitze mit bis zu 40 Grad herrschte, fand Xeni heraus, dass ein Eintauchen in die Ems ihr eine angenehme Abkühlung bringt. Immer tiefer wagte sie sich fortan in die Fluten hinein, bis sie eines Tages den Boden unter den Füßen verlor und zu ihrem eigenen Erstaunen feststellte, dass sie schwimmen kann.

Annäherungsversuche: Xena ist ein bisschen wasserscheu. Bei Affenhitze wagt sie sich aber in die Ems. Aber nur sehr vorsichtig.

Das war wohl ein Schlüsselerlebnis für unseren Hund; seitdem traut er sich (manchmal) bis zum Bauch ins erfrischende Nass. Vorsichtig ist sie immer noch.

Vielleicht wird Xena doch noch ein wasserliebender Hund. Schuld daran ist der kleine Carl, der Nachwuchs, der sich kürzlich bei Lea und Hubi einstellte. Der kleine Kerl, der sich ständig in die Windeln scheißt, wird natürlich regelmäßig in einer Plastikwanne gebadet. Unser Hündli schaut dann staunend zu. Es mag sich dabei denken: „Was hat Carlchen wohl Schlimmes angestellt, dass er nun so schwer bestraft wird?" Aber was mein „Brüderchen" kann, das kann ich schon lange, macht sich Xeni Mut und wagt sich beim nächsten Spaziergang unerschrocken in die Emsfluten – bis zum Hals!

An der Durchlaufschranke

Allen Hürden zum Trotz: Ich übe es täglich, unserem Hund Neues beizubringen. Gelegenheiten gibt es genug. So passieren wir oft gemeinsam eine Umlaufschranke in einer Siedlung unweit der Ems. Mit sanftem Leinenzwang bugsiere ich dann das arme Tier in die Kurve zwischen den Stangen. Beim nächsten Mal teste ich, ob es die Lektion gelernt hat. Und natürlich marschiert Xena zielstrebig auf dem kürzesten Weg hindurch.

„Xeni, das ist eine Umlaufschranke und keine Durchlaufschranke", belehre ich sie dann.

Das Prozedere wiederholt sich Tag für Tag. Als ich die Hoffnung fast schon aufgegeben habe, passiert ein kleines Wunder: Der brave Hund schreitet elegant und ohne zu zögern auf der richtigen Schleife hindurch.

„Hurra, unsere Xeni ist doch ein kluger Hund", jubiliere ich dann innerlich.

Schon am nächsten Tag holt uns die Realität wieder ein. Der Hund spart sich wieder den kleinen Umweg zwischen den Stangen. Warum sollte ich zickzack laufen, wenn es dich auch geradeaus geht, sagen seine Blicke. Ein hoffnungsloser Fall! Oder doch ein kluger Hund?

Durchlaufschranke: Xena nimmt nur ungerne Umwege in Kauf.

Kopf an Kopf im Bett

Wenn mir jemand noch vor zwei Jahren erzählt hätte, dass ich schon bald Kopf an Kopf mit einem Hund im Bett schlafen würde, den hätte ich für verrückt erklärt. „Boh, ist das eklig, pfui, wie unhygienisch", hätte ich angewidert geraunt. Ich muss zugeben, mittlerweile genieße ich es sogar ein bisschen, wenn sich die Kleine mitten in der Nacht von ihrem Körbchen ins Bett schleicht – was sie natürlich nicht darf –, alle Viere von sich streckt und ihre Pfoten wohlig brummend auf meine Brust legt. Wir kämpfen dann um das Bisschen Platz im Bett. Der Hund gewinnt meistens. Ich muss allerdings zugeben: Die Vorstellung, dass eine Zecke, ein Floh oder ein anderer kleiner Plagegeist aus Xenis Fell unter meine Bettdecke auf meinen Körper krabbelt, ist nicht so besonders prickelnd. Doch ich bin es nicht alleine, der diese schwere hundeerzieherische Sünde begeht. Auch Lea und Hubi lassen das Hündli in ihr Bett und genießen es sogar, mit Xeni auf dem Sofa im Wohnzimmer zu kuscheln.

Dabei sollte mit dem Einzug in die neue Wohnung eigentlich alles besser werden. Bett und Sofa sollten für den Hund fortan tabu sein.

„Ein Hund hat im Schlafzimmer nichts zu suchen. Schon aus Gründen der Hygiene", verkündete Lea schon Wochen vor dem anberaumten Umzugstag mit entschlossener Stimme. Und schließlich sollte die nagelneue Sitzgarnitur in gedecktem Blau nicht durch Hundehaare und Dreck verschmutzt werden.

Übrigens: Der Umzug hat bereits stattgefunden. Und: Aus den guten Vorsätzen wurde, wie so oft, nichts. Denn Xeni hat sich ihren Stammplatz auf dem Sofa und im Bett längst zurückerobert.

Xeni liebt es, wie übrigens alle Hunde, den Mitgliedern ihres Rudels die Gesichter abzuschlecken. Das tut sie manchmal aus heiterem Himmel, Gegenwehr ist dann zwecklos. Es ist ein Zeichen von Zuneigung und Zugehörigkeit, erklären uns Laien die Fachleute.

Im Getreidefeld: Im Spätsommer ist die schönste Zeit für einen Spaziergang mit einem Hund.

Angie ist entsetzt und behauptet, der Hund würde uns mit gefährlichen Bakterien, Bazillen oder sonstigen kleinen fiesen Biestern verseuchen, die uns allen im Nullkommanichts den Garaus machen. Ich bin hingegen überzeugt, dass der Hundekuss die Immunabwehr eines Menschen stärken kann. Wenn Angie das hört, verdreht sie vielsagend die Augen. Das tut sie übrigens immer, wenn ich dummes Zeug erzähle. Und überhaupt seien Frauen klüger und fleißiger als Männer. Da wage ich nicht zu widersprechen. Eines ist aber sicher: Seit Xena Einzug in unser Leben gehalten hat, haben heimtückische Erkrankungen in unserer Familie nicht merklich zugenommen. Das spricht für meine These.

Der beste Freund

Ein Freund ist das Beste auf der Welt. Auch, wenn die ganze Welt zusammenfällt. Das bekannte Evergreen, unter anderem von den Comedian Harmonists und dem unvergessenen Heinz Rühmann interpretiert, singt ein hohes Lied auf die Freundschaft. Zwar ist in dem Lied nicht ausdrücklich von Freundschaft zwischen Mensch und Hund die Rede, doch auch hier trifft die Zeile ins Schwarze. Zu keiner anderen Tierart wie dem Hund hat der Mensch eine so intensive Beziehung, die darüber hinaus schon so lange andauert. Seit 15.000 Jahren bilden wir ein einzigartiges Duo in der Tierwelt. Weltweit gibt es schätzungsweise 500 Millionen Hunde, jede Sekunde wird ein Welpe geboren.

Der Hund verbringt mehr Zeit mit Menschen als mit seinen Artgenossen. Hunde sind uns so vertraut geworden, dass man mitunter vergisst, wie faszinierend sie eigentlich sind. Dabei muss man nur mit offenen Augen durch die Welt gehen. Bei einem Spaziergang entlang der beliebten Gassi-Strecken wird man schnell feststellen, dass Hunde freundliche, treue Seelen sind, die ihrem Begleiter nicht von der Seite weichen. Ein Hund verschenkt sein Herz an sein Frauchen oder Herrchen, und das ein Leben lang.

Er ist ein treuer Begleiter, ein zuverlässiger Partner, der keine kritischen Fragen stellt und absolut loyal ist. Der beste Freund des Menschen eben.

Man ist bereit, viel Geld für seinen besten Freund auszugeben. Sehr viel Geld. Und das tun auch die Hundefreunde hierzulande. In jedem zweiten Haushalt lebt mittlerweile ein Haustier. In Deutschland werden schätzungsweise 9,5 Millionen Hunde als Haustier gehalten – übertroffen nur von der Katze, die es auf etwa 15 Millionen Exemplare bringt. Tendenz steigend. Rund um Bello & Co. hat sich ein gigantischer Markt für Heimtierbedarf entwickelt.

2019 wurden haben die Tierfreunde in den Geschäften mit Heimtierbedarf rund fünf Milliarden Euro für ihre Lieblinge ausgegeben. Der Umsatz im Onlinehandel wird mit rund 705 Millionen Euro beziffert. Alleine für die Ernährung ihrer Hunde blättern die Deutschen jährlich mehr als 1,5 Milliarden Euro auf den Tisch.

Es gibt nichts, was es nicht gibt auf dem Heimtiermarkt. Wer hier ordentlich Geld ausgeben will, dem sind kaum Grenzen gesetzt. Spielzeug, Zubehör, Hygieneartikel und Accessoires für jede Gelegenheit werden in allen Preislagen und Ausführungen angeboten.

Das gibt es orthopädische Hausbettchen für den Hund mit dem empfindlichen Rücken, eine bequeme Tragetasche, bunte Hundezahnbürsten, schicke Bademäntel sowie eine

Schwimmweste und eine Haustierdusche für Hund und Katze. Als neuester Trend werden in einem Shop 3D-Tiersocken angepriesen. All das braucht unser Hund nicht, sage ich immer. Xena ist schließlich ein Gebirgshund, der für das Leben draußen geboren wurde. Lea sieht es anders: Das Hündli tut ihr leid, wenn es bei Minusgraden oder im Regen vor die Tür muss. Deswegen hat sie in eine wärmende Hundedecke investiert. Ich weigere mich allerdings, dem Hund das gute Teil anzuziehen, wenn ich mit Gassi-Gehen an der Reihe bin.

Glaubenskrieg um die Hundeleine

Ein Thema für sich sind Halsbänder und Hundeleinen. 200 Euro und mehr kann da schon mal ein Luxusexemplar kosten. Unter den Hundehaltern herrscht fast so etwas wie ein Glaubenskrieg darüber, welche denn die richtige Leine für den Vierbeiner ist. Die meisten nutzen die kürzere Leine, die Schleppleine kommt in der Regel zum Einsatz, um dem Hund gute Manieren im Wald beizubringen.

Als Xeni zu uns kam, brachte sie eine Kurzleine mit: ein robustes, geflochtenes Exemplar mit einem soliden Karabinerhaken. Im brandenburgischen Revier war sie zwar kein Vorzeigejagdhund, aber eine Lektion hatte sie dort gelernt. An der kurzen Leine laufen, das konnte sie von Anfang an vorbildlich. Im Laufe der Zeit kamen weitere Leinen dazu, die Sammlung wurde immer größer. Ich erstand eine längere Leine aus feinstem Rindsleder, die dem Hund ein edles Outfit verleiht. Auf Anraten einer Hundetrainerin haben wir gleich zwei Schleppleinen in unterschiedlicher Länge angeschafft.

Und eine Flexileine. Das Prinzip: Der Mensch hält ein Kunststoffgehäuse mit Griff in der Hand. Über einen Stopp-Knopf, der sich am Gehäuse befindet, kann er die Länge der Leine, die sich automatisch aufrollt, bequem regulieren.

Vor allem Profis wettern gegen die so beliebte Rollleine. Das Vorurteil: Nur nervige Kläffer, die nicht einmal das kleine Einmaleins der Hundeerziehung genossen haben, werden an der Flexileine geführt. Sie flitzen unkontrolliert durch die Gegend, pinkeln in jeden Vorgarten und bluffen giftig jeden Artgenossen an.

Ein smarter Hundedozent, dessen Analysen und Ratschläge ich ansonsten sehr schätze, stellt die Flexileine auf Youtube in seinem Ranking „Das unsinnigste Hundezubehör" auf den ersten Platz. Und auch Martin Rütter, der Hundepapst Deutschlands, lässt an der Flexileine kaum ein gutes Haar. Sie führe auf Dauer zur Verschlechterung der Leinenführigkeit. Der größte Nachteil liege aber in der potenziellen Verletzungsgefahr für Mensch und Hund. Wenn sich die dünne Schnur beim Toben zweier Hunde verheddere, könne sie zu tiefen Schnittwunden führen. Das kann ich bestätigen, man muss höllisch aufpassen, dass sich die Leine nicht um die Beine wickelt oder irgendwo hängen bleibt.

Wir nehmen sie trotzdem gerne, weil sie komfortabel in der Handhabung ist und die Bewegungsfreiheit unserer Xena vergrößert. In Zeiten, in denen das Freilaufen kaum möglich, ist sie sehr hilfreich. Das gilt vor allem für die Brut- und Setzzeit, die immerhin von April bis Juli dauert. Ab März werden Wald und Flur langsam zur Kinderstube für Wildtiere. Bodenbrüter legen ihre Eier, die ersten Hasenjunge werden geboren und von ihrer Mutter in

Wiesen versteckt abgesetzt. In dieser Zeit brauchen die Tiere viel Ruhe, um ihre Jungen aufzuziehen. Oftmals reicht bereits eine kleine Störung, und die Eltern verlassen ihre Jungtiere.

Die Experten empfehlen, sich in dieser Zeit für eine Schleppleine zu entscheiden. Wir haben es mehrfach ausprobiert; die Ergebnisse waren nicht gerade ermutigend. Wenn's trocken ist im Wald, wirbelt die Schleppleine so viel Staub auf, dass Hund und Mensch am Ende total verdreckt nach Hause kommen. Noch schlimmer kommt's, wenn es geregnet hat. Die Klamotten, die Hände und sogar das Gesicht des Herrschens, aber auch das Fell des Hundes, sind von einer Schlammkruste bedeckt.

Überhaupt: Die Handhabung der Schleppleine ist nicht ohne. Versuchen Sie, das schmale Kunststoffband mit den Händen zu fassen, wenn der Hund einmal ohne Vorwarnung losspurtet. Die scharfen Kanten können böse Verletzungen verursachen. Und auch der Expertentipp, auf die Leine zu treten, ist nicht zu empfehlen, vor allem dann, wenn der Hund ein Halsband trägt. Der ruckartige Stopp kann zu schweren Nackenverletzungen oder gar Genickbruch des Tieres führen. Eine schlimme Vorstellung für jeden Hundeliebhaber.

„Bei uns wird gebarft"

Stellen Sie sich die folgende Szene vor: Xena und ich gehen im Wald spazieren. Wie fast jeden Tag. Die Idylle ist fast perfekt. Die Sonne scheint, und die Vögel zwitschern in der lauen Frühlingsluft. Hund und Mensch gehen ihren Gedanken nach. Plötzlich taucht vor uns ein

Gespann auf, das Abwechslung verspricht. Eine attraktive junge Frau, die an der Leine einen freundlich dreinblickenden Pudel führt.

Die Hunde verstehen sich auf Anhieb. Sie wedeln mit dem Schwanz, beschnuppern sich freudig. Einmal von der Leine gelassen, toben sie sich so richtig aus. Sie springen und rennen um die Wette. Das erfreut mein Herz.

Als sie nach einer Weile ausgepowert mit hängender Zunge vor uns sitzen, mache ich einen unverzeihbaren Fehler. Ich greife in die Tasche. In einer Plastikdose befinden sich meine Leckerchen-Vorräte. So viel hündische Eintracht verlangt nach einer kleinen Belohnung.

„Bitte nicht", sagt mein Gegenüber in scharfem Ton, „bei uns wird nur gebarft." Peng, das sitzt! Fast habe ich ein schlechtes Gewissen. Einem Barf-Hündchen, das sonst ausschließlich rohes Fleisch in bester Qualität serviert bekommt, ein profanes Leckerchen aus getrocknetem Entenfilet anzubieten, ist ein Fauxpas, für den es kaum eine Entschuldigung gibt.

„Mein Hund ist schön"

Früher war alles einfacher: Der Haushund bekam das zu fressen, was von den Mahlzeiten der Familie übriggeblieben ist. Dazu vielleicht noch einen Knochen vom Metzger. Über eine gesunde und ausgewogene Ernährung machte sich niemand Gedanken.

Seit einiger Zeit ist um das Füttern von Hunden fast ein Glaubenskrieg ausgebrochen. Es gibt Menschen, die ihrem Liebling nur vegane Kost kredenzen. Hoch im Trend, vor allem bei jüngeren Hundefreunden, ist seit einigen Jahren das Barfen, was für „bones and raw food" steht. Der Hund bekommt also nur rohes Fleisch, Innereien und Knochen vorgesetzt, eventuell angereichert mit etwas Gemüse oder Getreide.

Das Barfen sei eine natürliche Ernährung, die der Art des Tieres entspreche. Der Hund stamme vom Wolf ab, argumentieren die Barf-Anhänger, und der habe sich schließlich über viele Tausende Jahre auch von Fleisch ernährt. Industriell hergestelltes Hundefutter ist für sie ein Gräuel.

Tiermediziner warnen aber: Die Rohfütterung ist nicht ganz ohne Risiken. Sie könne auf Dauer zum Nährstoffmangel, Infektionen mit Bakterien und Parasiten sowie zu Verdauungsproblemen führen.

Bei mir schrillen immer dann die Alarmglocken, wenn jemand lautstark und ohne Kompromissbereitschaft seinen Standpunkt vertritt. Das gilt nicht nur für Hundefutter. Wie dem auch sei: Ich bin überzeugt, dass sich unser Hund gesund ernährt. Einigermaßen jedenfalls. Ein ausgewogener Mix aus Trockenfutter und Nassfutter bekommt ihm gut. Xena ist aufgeweckt, putzmunter und agil, ihr Fell glänzt wie Seide, ihre Zähne sind blitzweiß. Häufig bekommen wir auf unseren Touren das Kompliment „Sie haben aber einen schönen Hund." Dann freue ich mich und antworte: „Das macht die gute Pflege. Und die gesunde Ernährung."

Ich gehe dann natürlich nicht damit hausieren, dass die strengen Ernährungsregeln fast täglich missachtet werden – vor allem von mir. Ich kann Xenis schmachvolle Blicke einfach nicht ertragen und werde schnell weich.

Der kleine Hund hat eine Strategie entwickelt, die bei mir garantiert zum Erfolg führt. Xeni postiert sich vor dem

Kühlschrank und wartet geduldig. Denn sie weiß, dass der weiße Schrank, aus dem die Kälte kommt, so manche Leckerei beherbergt.

Sie hat recht. Eigentlich esse ich lieber Käse, aber mittlerweile kaufe ich meine Wurstspezialitäten zum Belegen von Brot oder Brötchen auch unter dem Aspekt, dass diese dem Hund schmecken. Dazu zählen unter anderem Ungarische Salami, Fleischwurst aus Hühnerfleisch oder eine feine Teewurst, nur um einige zu nennen. In Stücke geteilt, lässt sich damit auch ein wunderbares Suchspiel im Garten veranstalten. Xeni macht begeistert mit.

Die Aussicht auf weitere Leckerchen macht sie zu einem folgsamen und gelehrigen Hündchen. Die kleinen Snacks werden von mir ohnehin so platziert, dass sie im Nu gefunden werden. Um mein schlechtes Gewissen zu beruhigen, mache ich mir vor, dass ich damit schließlich eine wichtige Trainingseinheit mit dem Hund absolviere.

Im Linteler Wald

Neue Wege

Die Würze des Lebens liegt in der Abwechslung. Das gilt nicht nur für den Menschen, auch für einen Hund. So schön das Stadtholz und die Emsauen auch sein mögen – auch dort kann es auf Dauer etwas langweilig werden, wenn sich Routine in das tägliche Gassi-Programm einschleicht. Etwas Neues und Aufregendes muss her, sagt eines Tages meine innere Stimme. Und ich bekomme von einer Nachbarin und Hundefreundin einen guten Tipp: „Geh doch mal in den Linteler Wald. Dort ist es schön und nicht so überlaufen."

Wir wagen es schon am nächsten Tag. Xena guckt ungläubig, als wir die falsche Richtung einschlagen. Dann fügt sie sich aber ihrem Schicksal und läuft brav an meiner Seite. Der Weg ist etwas länger als in unser altes Revier, aber er ist zu Fuß gut zu schaffen. Einfamilienhäuser, Wiesen und Felder säumen unsere Strecke. Die erste markante Stelle ist eine Unterführung unter dem Autobahnzubringer.

Tatort Katzenberg

Dort liegt der „Katzenberg". Es ist eigentlich kein richtiger Berg, sondern eine kleine Böschung zur vielbefahrenen Bundesstraße. Die Bezeichnung „Katzenberg" ist nichts Offizielles. In unserem Sprachgebrauch hat sich dieser Name aber längst eingebürgert.

Und das hat die folgende Bewandtnis: Eines schönen Tages biegen Xeni und ich um die Ecke in den Tunnel, wo ich mir immer einen Spaß daraus mache, den armen Hund mit einem lautem „Huuuh" zu erschrecken. Es schallt so schön in der Unterführung. Danach muss ich mich bei unserem Hündchen entschuldigen – mit einem Leckerchen natürlich.

Diesmal passiert Unerwartetes. Wie von Sinnen spurtet Xena bellend und knurrend auf die andere Seite des Tunnels. Fast hätte mir die Wucht die Leine aus der Hand gerissen. Vor einem Gebüsch veranstaltet der Hund ein Riesenspektakel. Als ich nachschaue, entdecke ich dort ein kleines verschüchtertes Kätzchen, das sich aus Angst vor

„Huuuh": Es schallt so schön in der Unterführung.

dem wütenden Hund in die äußerste Ecke drückt. Nur mit Mühe gelingt es mir, Xena vom Katzenmord abzuhalten. Der Name „Katzenberg" wird geboren. In den Wochen nach der Attacke stürmt Xena bei jedem Rundgang an exakt die gleiche Stelle, wo das Kätzchen damals gehockt hatte. Nach und nach verliert der Hund aber das Interesse am Katzenberg. Ich halte aber diesen denkwürdigen Ort in Erinnerung: Stets, wenn ich auf einer meiner Radtouren den Tunnel passiere, versuche ich, das Bellen eines Hundes nachzuahmen.

Neulich tauchte kurz hinter der Unterführung ein älterer Mann auf, der ebenfalls mit dem Fahrrad unterwegs war. Er schaute mich an, als hätte er Zweifel an meinen geistigen Fähigkeiten.

Überhaupt: Katzen sind ein ernstes Thema. Fast alle Hunde wollen sie jagen und umbringen. Bei Xeni steht der Fasan schon ziemlich hoch auf der roten Liste der verhassten Tiere, doch Feind Nummer eins ist die Katze. Wenn eine Katze über den Weg huscht, über den Zaun klettert oder uns nur aus sicherer Distanz beobachtet, dann gerät das Hündli völlig außer sich. Bis zum Tag X stolzierte ein wohlgenährter Kater regelmäßig durch unseren Garten.

Er war ein willkommener Gast; wir freuten uns über die Samtpfote, die so viel Ruhe und Eleganz ausstrahlte. Xena erklärte das Grundstück zum verbotenen Land für Katzen. Als der Kater es eines Tages doch noch wagte, flippte unser Hündchen völlig aus. Sie raste über den Rasen zum Zaun, um der Katze den Garaus zu machen. Xena bekam sie natürlich nicht zu fassen, blieb aber mit ihrem Kopf in einer Masche des Hühnerzaunes stecken, den wir eigens installiert haben, um die regelmäßigen Ausbruchsversuche des Hundes zu unterbinden. Der arme Hund konnte nicht vor und nicht zurück und zerrte immer heftiger an dem Zaun, so dass sich die Schlinge um seinen Hals immer enger zuzog. Zum Glück merkte ich rechtzeitig, was Xeni widerfahren ist. Ich befreite sie aus ihrer misslichen Lage. Sonst wäre sie möglicherweise erstickt.

Nur gut, dass Katzen in freier Wildbahn eher selten sind, so dass die Gefahr relativ klein ist, dass der Hund unvermittelt zum Angriff übergeht – die Leine hindert ihn in der Regel daran. Und das ist gut so. Denn es ist nicht ohne, sich mit einer ausgewachsenen Katze anzulegen. Das weiß ich aus langer Erfahrung. Katzen sind wehrhaft, sie kämpfen, einmal in Bedrängnis gebracht, verbissen um ihr Leben. Sie sind schnell, wendig und mutig. Im Nu verwandelt sich eine schnurrende Samtpfote in eine wilde Kampfmaschine. Sie kratzt, beißt und faucht, und das alles zur gleichen Zeit. Da kann es einem schon angst und bange werden. Auch große und starke Hunde, die sonst keiner Konfrontation aus dem Wege gehen, sind vorsichtig und machen einen großen Bogen um den beliebten Haustiger. Xena ist dumm. Sie weiß nicht, was ihr blühen kann, wenn sie auf eine couragierte Katze trifft. Vielleicht sollten wir es einmal darauf ankommen lassen, damit der Hund ein für alle Mal diese Lektion lernt. Ein Hieb mit den scharfen Krallen kann auf der empfindlichen Hundeschnauze ziemlich schmerzhafte Spuren hinterlassen. Aber es gibt etwas, was mich vor diesem kühnen Plan zurückhält: Vielleicht ist unsere Xena doch schneller, stärker und geschickter als jedes Kätzchen.

Wehrhafter Schwan

Nur am Rande: Es gibt auch andere Tiere, die auf den ersten Blick harmlos anmuten, aber äußerst wehrhaft reagieren, wenn sie in die Enge getrieben werden. Schwäne sind ein gutes Beispiel. Nicht umsonst ranken sich zahlreiche Mythen, Sagen und Märchen um den

Vorsicht ist geboten: Ein Schwan weiß sich zur Wehr zu setzen. Das muss ein Hund erst lernen.

großen Wasservogel mit dem weißen Gefieder. An der Ems hat sich ein prächtiges Exemplar angesiedelt.

Ein schöner Anblick: Majestätisch zieht der Schwan seine Bahnen durch das ruhige Wasser oder ruht sich am Ufer aus. Das ist natürlich gefundenes Fressen für unsere Xeni. Diesen großen Vogel, der so harmlos aussieht, will sie unbedingt erschrecken und jagen. Also rennt sie laut bellend auf den Schwan zu. Und hält plötzlich inne. Der Instinkt sagt ihr: Lass es lieber bleiben. Dafür gibt es gute Gründe. Der stattliche Vogel plustert sich bei drohender Gefahr zu einer imposanten Größe auf, streckt seinen langen Hals und schwingt heftig mit seinen mächtigen Flügeln. Mit einem durchdringenden Zischen warnt er den Angreifer: „Bleib mir vom Leibe, sonst passiert was!"

Unser Hund hat verstanden. Er trollt sich davon, als wäre nichts geschehen. Bei der nächsten Begegnung würdigt er den Schwan keines Blickes. Das hätte ich unserer Xena vorher erzählen können: Bei einem aufgebrachten Schwan solle man vorsichtig sein; nicht nur für den Hund, auch für den Menschen kann eine Attacke schmerzlich sein.

Spur der Verwüstung

Aber ich schweife ab. Wir sind auf dem Weg in den Linteler Wald und haben den denkwürdigen Katzenberg verlassen. Entlang der Straße stehen ein paar Häuser, an denen wir vorbeilaufen. In zwei der Gärten, die an die Straße grenzen, haben Hunde ihren Auslauf. Sie begrüßen uns manchmal am Zaun mit Gekläffe. Xeni hat sich anfänglich darüber aufgeregt und zurück geschimpft; mittlerweile schreitet sie aber an den tobenden

Artgenossen wort- und grußlos vorbei. Auch nicht die feine Hundeart, denke ich mir dann.

Der Weg zum schönen Wäldchen aus Kiefern, Birken und Buchen ist nicht mehr weit. Eine Wiese zwischen Äckern führt ins Naturparadies.

Kein Durchkommen: Die Stürme haben viele Bäume entwurzelt.

Aber stopp, das war einmal. Denn mehrere Stürme haben im Linteler Wald eine Spur der Verwüstung hinterlassen. Auf einer Breite von mehreren Hundert Metern knickte der Orkan zahlreiche Bäume um. Einige davon stürzten auf die Wege. Ein Durchkommen war für Monate kaum noch möglich. Erst nach und nach konnten die Baumriesen entfernt werden. Die Aufräum- und Forstarbeiten forderten ihren Tribut. Die schweren Maschinen und Fahrzeuge haben tiefe Furchen und Rillen im weichen Waldboden hinterlassen. Dort bilden sich bei Regen knöcheltiefe Pfützen. Die einstigen Wege sind kaum noch wiederzufinden. Ein Spaziergang dort ist für Tier und Mensch kein Vergnügen.

Wir wagen es trotzdem manchmal. Der Abwechslung wegen. Der Preis ist hoch. Der Schlamm klebt uns an den Füßen, meine Klamotten und Xenas Fell sind dick mit Staub und Dreck bedeckt. Klar, dass uns dann zu Hause eine Strafpredigt von Angie erwartet: „Ihr seht aus wie die Schweine. Könnt ihr nicht ein bisschen aufpassen?". Wir können, wollen aber manchmal nicht.

Besuch bei den Schäferhunden

Raus aus dem Wald, rein in die Zivilisation. Die Unterführung unter der Bundesstraße ist unsere nächste Station. Ein kleiner Schwenk, und schon taucht vor uns auf der linken Seite ein Objekt auf, das bei Xena auf Interesse stößt: das Übungsgelände des Wiedenbrücker Ortsvereins für Deutsche Schäferhunde. Früher war dort viel los, vor allem an den Wochenenden, doch seit einiger Zeit wirkt das Areal am Postdamm merkwürdig verwaist. Nur noch selten treffen wir dort Hunde und ihre Herrchen an.

Sie absolvieren die aufwendige Ausbildung zum Fährten- oder Begleithund. Vielleicht haben die Wiedenbrücker Schäferhundfreunde Nachwuchssorgen, wie so viele Vereine in Deutschland auch. Dabei steht der Schäferhund bei den Deutschen nach wie vor ganz oben im Ranking der beliebtesten Hunderassen. Vielleicht schreckt aber auch das harte und langwierige Training einige Zeitgenossen ab. Xeni und ich haben es einmal beobachtet.

Wir kommen nicht aus dem Staunen heraus. Da müssen die Tiere über meterhohe Hindernisse springen oder sich in den wattierten Arm eines vermeintlichen Angreifers verbeißen. Unser Hund guckt sich das Treiben eine Zeit an, dann aber wendet er sich ab. „Darauf habe ich keine Lust, lass uns weitergehen", scheint er zu signalisieren.

Hündli möchte lieber Mäuschen jagen. Das ist seine große Leidenschaft. Und das Objekt der Begierde ist nicht weit: die Märchenwiese. Der Hund zieht wie wild an der Leine. Es geht ihm nicht schnell genug. Aber wir müssen noch ein paar Minuten marschieren. Und die Strecke hat es in sich. Es geht vorbei auf dem Fahrradweg am Jägerheim vorbei. Hier ist viel los. Die Radler rauschen aus beiden Richtungen nur so an uns vorbei. Ich muss höllisch aufpassen, dass Xena, die ihrer Schnüffelnase folgt und gerne ohne Ankündigung die Seite wechselt, nicht unter die Räder kommt. Ich gucke nach vorne und nach hinten, ob Gefahr droht. Besondere Vorsicht ist geboten, wenn ein „E-Bike-Opa" naht.

Etwas über den „E-Bike-Opa"

Hier muss ich ein wenig ausholen: E-Bike-Opa heißen bei uns jene Rentner, die mit ihrem Elektro-Fahrrad die

Gegend unsicher machen. Sie sind relativ leicht schon aus der Ferne zu erkennen. Sie sitzen aufrecht auf ihrem schicken Bike und haben einen leuchtenden Kopf.

So sieht es jedenfalls aus. Wenn sie dann näherkommen, erkennt man, was da so glüht. Es ist der Helmüberzug in den Signalfarben Gelb oder Orange - bei einem richtigen E-Bike-Opa ein Muss. Bei manchem gehört auch eine Warnweste in der gleichen Farbe dazu. Diese Accessoires wiegen den Fahrer in trügerische Sicherheit. Er glaubt, dass er früher von anderen gesehen wird und deshalb vor Unfällen gefeit ist.

Die Augen sind - auch bei bewölktem Himmel – mit einer dunklen Brille bedeckt. Das sieht zwar schick aus, hat aber einen gravierenden Nachteil: Die E-Bike-Opas cruisen fast im Blindflug durch die Landschaft. Zumal viele von ihnen bereits an grauem Star leiden und auch ohne Sonnenbrille ihre Umwelt nur noch schemenhaft wahrnehmen.

Ein oder gar zwei Außenspiegel und riesige Fahrradtaschen (mich würde interessieren, was darin so alles verstaut wird) gehören ebenso zur Grundausstattung dieser Radlerspezies. So manches Rad ist sogar mit einem Radio bestückt, aus dem Schlager oder Hits der 50er und 60er Jahre ertönen, je nach der musikalischen Vorliebe in jüngeren Tagen.

Auf den Touren soll schließlich keine Langeweile aufkommen. Ein typischer E-Bike-Opa hat oft einen weißen Ziegenbart und fährt mit seltsam abgewinkelten Beinen, als würde der Sattel nicht richtig passen. Aber vielleicht hat es andere Gründe.

Es ist die Beschreibung eines E-Bike-Opa-Archetypes, der sich in meinem Gehirn festgefressen hat. Im Detail mag es

Unterschiede geben. So kann das Helmmützchen auch schon einmal grün oder sogar weiß sein. Und auch der Ziegenbart ist nicht obligatorisch; auch ein Schnauzer passt ins Bild, ja, es wurden auch bereits E-Biker ohne Gesichtsbehaarung gesichtet.

Viele der E-Radler-Senioren überschätzen ihre Fahrkünste und unterschätzen das Gewicht und das Tempo ihrer Bikes. So muss ich höllisch aufpassen, damit ich oder mein Hund nicht unter die Räder kommen. Natürlich sind auch E-Bike-Omas eine potenzielle Gefahr. Sie wissen aber in der Regel, dass ihre Reaktionen und Fahrkünste nicht mehr die besten sind und fahren deshalb langsamer und vorsichtiger als ihre männlichen Kollegen.

Mit unseren schnellen Rädern sind Angie und ich fast täglich unterwegs. Regelmäßig erleben wir dabei haarsträubende Situationen. Wenn wir unsere Routen planen, sagt Angie oft: „Lass uns lieber früher fahren, da sind noch nicht so viele E-Bike-Opas unterwegs."

Das Problem: Die rasenden Rentner lassen sich nur ungern überholen. Das verletzt scheinbar ihre männliche Ehre. Beim erstmaligen Klingeln reagieren viele gar nicht, vielleicht sind sie auch ein bisschen schwerhörig oder sie werden vom Dröhnen ihres Radios abgelenkt. Wir klingeln noch einmal und noch einmal, so laut und energisch es geht. Manchmal funktioniert es, und wir finden eine Gasse, manchmal nicht.

Wenn wir dann mit Tempoüberschuss direkt hinter dem E-Bike-Opa auftauchen und rufend um freie Fahrt bitten, schaut dieser erstmal ungläubig über die linke Schulter und zieht dann sein Rad zur Fahrbahnmitte, was an sich eine natürliche Reaktion ist. Das macht jeder, man muss nur bewusst gegensteuern. Die Krux: Damit ist die Lücke zu; nur ein harter Griff in die Bremsen kann uns retten.

„Wohin so eilig?" oder „Langsam, langsam, ich kann mich ja schließlich nicht in der Luft auflösen", hören wird dann oft hinter uns im vorwurfsvollen Ton. Obacht ist auch in Kurven angesagt. Viele der E-Bike-Opas berechnen das Tempo des schweren Rades falsch und werden regelrecht aus der Kurve auf die Gegenfahrbahn katapultiert.

Die Folgen können fatal sein, wie der Blick in die Unfallstatistiken zeigt. Ältere E-Bike-Fahrer sind immer häufiger an schweren Verkehrsunfällen beteiligt. Fast täglich kann man darüber in der Zeitung lesen. Ich weiß, man sollte nicht lästern. Denn Pedelecs sind eine tolle Erfindung, die gerade dem älteren Menschen ein großes Plus an Mobilität bescheren. Der Fortschritt hat eben manchmal auch seine Schattenseiten.

Von Hunden und Mäusen

Xena interessieren Fahrräder, egal ob mit oder ohne Motor, nicht die Bohne. Sie hat nur ihre Mäuschenwiese im Blick. Der Hund zieht und zerrt an der Leine. Er will schnell in sein Jagdrevier. Wir biegen auf eine schmale Straße in Richtung Ems.

Xena scharrt schon mit den Füßen. Ein Wiesenstück zwischen zwei Äckern, das im rechten Winkel auf den Fluss zuläuft, ist ihr Sehnsuchtsort. Die Wiese ist höchstens 150 Meter lang. Dort hat sich aber eine riesige Feldmauskolonie angesiedelt. Der Boden ist unterirdisch von unzähligen Gängen durchzogen. In sicherer Tiefe haben die Mäuschen ihre Nester aus trockenem Gras gebaut.

Das Gelände ist wie der sprichwörtliche Schweizer Käse von unzähligen Mauselöchern durchsiebt, die den kleinen Nagern als Eingang zu ihren Nestern dienen. Ausgetretene Pfade zwischen den Löchern zeigen, dass unter den Mäusefamilien ein reger Besucherverkehr herrscht.

Mindestens 20 Minuten muss ich einkalkulieren, um mit Xenie diese Passage zu queren. Der Hund schnüffelt aufgeregt in alle Richtungen und steckt seine feine Nase tief in die Mauselöcher. Er hat ein kluges System entwickelt. Loch für Loch wird systematisch nach vermeintlicher Beute abgesucht. Dann wird Xena fündig. Irgendwo da unten versteckt sich eine Maus, signalisiert ihr Geruchssinn. Die eigentliche Arbeit beginnt. Wild entschlossen buddelt sich der Hund immer tiefer in das weiche Erdreich, wobei ihm seine scharfen Krallen beim Graben gute Dienste leisten.

Buddeln, was das Zeug hält: Die Suche nach Mäuschen gehört zu den Lieblingsbeschäftigungen von Xena.

Die Erdklumpen fliegen im hohen Bogen aus dem Loch. Im Augenwinkel nimmt Xeni die flüchtige Bewegung wahr und glaubt, es handele es um ein Mäuschen, das zu entwischen versucht. Sie wirft sich darauf – und merkt schnell ihren Irrtum.

Das Spiel beginnt von Neuem. Immer tiefer wühlt sich das Hündli in die Erde – und merkt nicht, was sich hinter ihrem Rücken abspielt. Seelenruhig verlässt die Mäuschenfamilie ihren Bau und huscht in das nächste Loch, wo sie in Sicherheit vor dem kleinen Räuber ist. Übrigens: Gefangen hat unser kleiner Hund noch keine einzige Maus.

Er versucht es trotzdem immer wieder. Neulich erst im Garten. Dort auf dem Rasen hat Angie ein Loch entdeckt, sie vermutet es stammt von Wühlmäusen. Sie macht einen Fehler.

„Los Xeni, such nach dem Mäuschen", fordert sie das Hündli auf – und lässt es alleine mit dem Mauseloch. Unsere Xeni erfüllt Buddelaufträge schnell und zuverlässig. Sie gräbt, bis die Fetzen fliegen. Das Loch wird immer tiefer, bis nur noch die Schlappohren des kleinen Räubers herausragen.

Angie kommt zurück und sieht sie Bescherung. Xena wird aus dem Loch beordert. Damit sie ihre Arbeit nicht wieder aufnehmen kann, wird ein Gartenstuhl auf das Loch gestellt. Der Buddelspaß ist vorbei.

Zurück zur Mäuschenwiese: Es macht Spaß, dem lustigen Treiben eine Zeitlang zuzuschauen. Doch irgendwann wird es mir zu bunt. Denn schließlich haben wir noch eine lange Wegstrecke vor uns. Der Versuch, Xena mit einem Leckerli abzulenken, scheitert.

So versuche ich es mit guten Worten: „Xeni, es hat keinen Zweck heute, die Mäusefamilie ist zum Einkaufen gefahren." Weil ich mich nicht wiederholen mag, habe ich beim nächsten Mal eine andere Variante parat: „Xeni, wir gehen weiter, die Mäuse sind im Urlaub."

Die Wiese gleicht einer Kraterlandschaft. Tiefe Löcher, soweit das Auge blickt. Hier waren Heerscharen an Buddelspezialisten am Werk. Ich kann es mir nicht vorstellen, dass sich der Bauer darüber freut. Die Mäusekolonie zieht Hunde wie ein Magnet an. Die besten Reviere sind heiß begehrt. Als sich Xeni neulich zu einem leidenschaftlich buddelnden Artgenossen gesellen wollte, hörte ich die mahnenden Worte seines Frauchens: „Gehen sie bitte weiter. Das Loch gehört meinem Hund."

Xenas Freunde

Tomba und Maja

Unsere Nachbarn sind tierlieb, wie so viele Menschen in dieser Stadt. Rund um uns sind mehrere Hunde zu Hause. Tomba heißt ein junger Berner Sennenhund, der unsere Xeni in sein Herz geschlossen hat. Der flauschige Hunderiese bringt fast 50 Kilogramm auf die Waage und strahlt eine große Gemütlichkeit aus. Als Xena begann, bei

Xenas tierische Freunde: Maja und Tomba leben in direkter Nachbarschaft.

uns ein und auszugehen, verguckte sich Tomba scheinbar in die schöne Hundedame. Der bärenstarke Hund legte sich hinter den Zaun auf die Lauer und wartete geduldig, bis die Angebetete in den Garten trat. Die kleine Schwarze tippelte kurz zum Zaun – und wandte sich wenig interessiert wieder ab.

Bei zufälligen Begegnungen auf der vor der Haustür oder auf der Straße stürmte Tomba ungestüm auf unser Hündli zu und versuchte, es mit seinen mächtigen Pfoten zu umarmen. Das war Xena wohl zu viel des Guten.

Heute zeigt sie Tomba die kalte Schulter und schenkt ihm kaum Beachtung. Daran hat sich der knuddelige Hunderiese längst gewöhnt, denn schließlich findet er genug Spielgefährten in der Nachbarschaft.

Dazu zählt Maja, deren Familie nur ein Haus weiter lebt. Die Labradorhündin ist sieben Jahre alt und hat – wie Xeni

Die Nase entscheidet: Das gegenseitige Beschnuppern ist bei Hundebegegnungen sehr wichtig.

auch - eine bewegte Geschichte hinter sich. Ihre ersten Jahre verbrachte sie bei einer Familie, die es mit der Pflege, Erziehung und Ernährung nicht so genau nahm. Es funktionierte einfach nicht. Der Hund wurde abgegeben und kam mit Übergewicht und einigen Macken in sein neues Heim.

Maja hatte Glück, wie unsere Xena. Unsere Nachbarn kümmern sich liebevoll um den Labrador. Aus dem Pummelchen ist längst ein schlanker Hund geworden, der sich durch eine große Ruhe und Gelassenheit auszeichnet. Er kommt mit allen Menschen, aber auch seinen Artgenossen gut klar, auch mit unserer Xena. Die beiden tollen manchmal zwischen den Häusern, rennen um die Wette zwischen den geparkten Autos oder streiten sich friedlich um ein Stöckchen.

Autistische Züge

Wir treffen sie fast täglich auf unseren Spaziergängen, Xenis tierische Freunde. Hundefreunde haben ziemlich feste Angewohnheiten. Das weiß ein Hund zu schätzen, haben doch die meisten autistische Züge. Hunde vertrauen auf die tägliche Routine. Das gibt ihnen Sicherheit und Geborgenheit. Das gilt auch für unsere Xena. Komme ich einmal auf die Idee, an der gewohnten Abbiegung vorbeizumarschieren, guckt sie mich fragend an. „Was hast du denn vor?", glaube ich in ihren Augen zu lesen.

Bei der Wahl ihrer Freunde ist Xeni ziemlich wählerisch. Einige Hunde mag sie auf Anhieb, andere knurrt und bellt sie bedrohlich an, um einige macht sie wiederum einen großen Bogen und marschiert stumm an ihnen vorbei, ohne sie auch nur eines Blickes zu würdigen. Wir treffen große und kleine Hunde in allen Farben und Schattierungen, es sind winzige Sofahündchen, struppige Mischlinge und reinrassige Jagdhunde dabei.

Was Xena nicht mag, sind bullige Hunde, die sie ungestüm anspringen und bedrängen. Erst neulich ließ sie sich auf ein Rennspiel zwischen den Bäumen mit einer Bulldogge ein. Der schwere Hund kippte in einer scharfen Kurve auf die Seite und war nicht in der Lage, aus eigener Kraft aufzustehen. Ihm musste geholfen werden. So etwas gefällt Xena nicht. Das andere Extrem: Auch winzige Hündchen, die schon in großer Entfernung an der Leine zerren, hysterisch kläffen und knurren, sind ihr nicht geheuer. Sie macht lieber einen Bogen um sie.

Xena mag keine Schäferhunde. Vielleicht hat sie mit ihnen in ihrem früheren Leben schlechte Erfahrungen gemacht. Mit einer Ausnahme, doch davon später. Wenn wir welche im Wald treffen, und das passiert fast jeden Tag, zerrt sie wie wild an der Leine. Ihre die Hals- und Nackenhaare sträuben sich, sie knurrt und bellt so bedrohlich, dass es einem angst und bange werden könnte – wenn man nicht wüsste, dass sie ein friedliebender Hund ist.

Die Ausnahme ist Luca - ein freundlicher Schäferhund. Auch sein Herrchen ist freundlich und stets zu einem Plausch bereit. Wir treffen das Gespann fast täglich an der Ems. Luca ist schon 12 Jahre alt und stammt vom aus Tierschutz in Marsberg. Neulich war sein Besitzer, der uns sein Leid mit polnischem Akzent klagt, sehr traurig. Sein Hund war an der Pfote verletzt und humpelte stark. Auf das übliche Spiel mit Xena hatte er keine Lust. „Ich glaube, Luca wird bald sterben", sagte der Mann mit trauriger Stimme, „so einen guten Hund bekomme ich nie wieder." Aber schon ein paar Tage strahlte er wieder. Luca war wieder fit und der gute Mann glücklich. So einfach ist das Leben, wenn man einen treuen und gesunden Hund an seiner Seite hat.

Wie unser Hund seine Sympathie letztlich verteilt, ist mir schleierhaft. Wahrscheinlich vertraut er auf seine gute Nase. Es gibt eben Hunde, die sich nicht riechen können und solche, die sich vertragen. Warum sollte es im Tierreich anders sein als bei uns Menschen? Wenn auch das geflügelte Wort „ich kann ihn nicht riechen" vermutlich eine Reminiszenz an längst vergangene Zeiten ist, in denen wir noch in Höhlen lebten und die Körperhygiene zu wünschen übrig ließ. Heutzutage ist es indes kaum möglich, einen Menschen nach seinem Odeur zu beurteilen. Auch da gibt es natürlich Ausnahmen.

Das Thema Körpergeruch beschäftigt übrigens seit langem die Wissenschaft. Ob ich jemanden riechen könne oder nicht, sei nicht nur ein Sprichwort, haben die Forscher herausgefunden.

„Unsere Gene bestimmen, welchen Duft wir haben, und weil jeder Mensch unterschiedliche Gene hat, hat auch jeder seinen eigenen Geruch. Bei der Partnerwahl beeinflusst uns der Körpergeruch des anderen. Die Natur hat es so eingerichtet, dass wir jemanden bevorzugen, der genetisch möglichst verschieden von uns ist", fand ich eine interessante Erklärung im Internet. Und auch beim Schließen von Freundschaften spiele die Nase eine Rolle.

Das Fazit: Ob ich jemanden sympathisch finde oder nicht, hängt auch davon ab, wie er riecht.

Begegnungen

So treue Augen

Ich habe eine todsichere Methode erfunden, wie man bei den täglichen Begegnungen das Herz eines jeden Hundefreundes im Sturm erobert: Ich muss nur den Liebling an seiner Seite loben, egal, ob dieser dick und struppig ist, ob er übel riecht oder eklig sabbert. „Ihr Hund hat aber ein schönes Fell", sage ich dann.

Oder: „Er hat so treue Augen" und „so einen eleganten Hund habe ich selten gesehen". Das eben noch grimmig dreinblickende Herrchen oder Frauchen auf dem anderen Ende der Leine, verwandelt sich von einer Sekunde auf die

Alte Freunde: Balu, Winni und Xena betteln um ein Leckerchen.

nächste in einen freundlichen Zeitgenossen, der gerne eine Weile stehen bleibt und ein Pläuschchen über Gott und die Welt hält, natürlich aber am liebsten über seinen Hund, seine Klugheit und seine Treue.

Auch über das Wetter, die Gesundheit oder die Weltpolitik wird schon mal kurz geplaudert, bevor dann jeder seine Wege weiterzieht. Man trifft sich fast täglich bei den Runden durch den Wald. Viele der Hunde kennt man bereits bei Namen. Ihre Herrchen bleiben meist anonym. Wer fragt schon beim Gassigehen nach persönlichen Dingen?

Entführung angedroht

Da kommt uns eine Frau auf dem Fahrrad entgegen. Sie hält an und schaut sich unsere Xeni bewundernd an.

„Ich habe euch schon einige Male getroffen. Einen so schönen Hund habe ich selten gesehen", sagt sie und radelt davon. Ich stutze ein bisschen. Die Frau habe ich noch nie bewusst zur Kenntnis genommen; wahrscheinlich, weil sie keinen Hund dabei hatte. Ich kraule das Hündli hinter den Ohren und gebe ihm ein Extra-Leckerchen. Das Lob der Unbekannten tut gut.

Ein paar Tage später sind Xena und ich wieder unterwegs. In Höhe des Krankenhauses kommt uns ein grauer Van entgegen. Der Fahrer ist kaum zu erkennen. Im letzten Moment sehe ich, dass eine Frau am Steuer sitzt. Sie kurbelt das Fenster herunter und beugt sich zu mir. Ich nehme an, dass sie sich nach dem Weg zu einem Ziel in der Nähe erkundigen will. Insbesondere die Praxis eines Neurologen im rückwärtigen Teil des Hospitalgebäudes scheint für Auswärtige nur schwer auffindbar zu sein. Doch weit gefehlt.

Es ist die Radlerin, die ein Auge auf Xeni geworfen hatte. „Heute hat auch mein Sohn ihren Hund gesehen und war total begeistert. So einen zu haben, das wäre sein größter Wunsch", sagt die Frau, und ergänzt augenzwinkernd: „Wenn ihr Hund eines Tages entführt wird, dann wissen sie jetzt, wo er geblieben ist."

Dann tritt sie aufs Gaspedal. Xeni und ich bleiben zurück. Die warmen Worte tun mir gut. Mit erhobenem Haupt und ein bisschen stolz setze ich meinen Weg vor. Xena ist das Ganze ziemlich schnuppe. Ihr Interesse gilt der nächsten Straßenlaterne. Sie schnuppert daran und hebt ihr Beinchen.

Lebensbeichte

Manchmal entwickelt sich ein harmloses und unverfängliches Geplauder mitten im Wald zu einem ernsten und persönlichen Gespräch, einer Lebensbeichte oder gar zu einem Hilferuf. Die Geschichten drehen sich stets um den Hund, den besten und oft den einzigen Freund, den diese Menschen haben.

„Ich bin verzweifelt und allein. Mein Mann ist schon vor Jahren gestorben. Was soll ich machen? Ich bin auch krank. Mein Hund ist das Einzige, was mir noch geblieben ist", sagt mir eine ältere Dame, die ich regelmäßig mit ihrem Mischling an der Ems treffe. Auch ihr Hund ist schon alt und nicht von bester Gesundheit.

„Was wird, wenn er tot ist?", fragt die Frau mit Tränen in den Augen. Was soll ich darauf antworten?

Auch Gregor möchte seinen Hund nicht mehr missen. Der putzige Dackel Peggy ist sein Lebensmittelpunkt. Seitdem er den kleinen Hund hat, ist seine Welt besser geworden. Gregor ist noch keine 60 Jahre alt und arbeitet als Hausmeister bei einem großen Unternehmen in Gütersloh. Seine Frau hat sich vor zwei Jahren von ihm scheiden lassen.

„Plötzlich war ich so einsam, vor allem an den Abenden. Ich wurde langsam menschenscheu und traute mich fast gar nicht mehr nach draußen." Diese Zeiten sind vorbei, seitdem Peggy bei ihm ist. Er muss mit ihr täglich vor die Tür, und das tut ihm gut. „Ich kann plötzlich wieder mit wildfremden Menschen reden. Über alles Mögliche, nicht nur über Hunde", erzählt Gregor.

Seine Schicht beginnt täglich in aller Herrgottsfrühe. Für geschlagene sieben Stunden muss er wohl oder übel seinen kleinen Freund alleine in der Wohnung lassen. Erst am frühen Nachmittag hat Gregor Zeit für den ersten Spaziergang. Peggy hat sich längst an diesen Rhythmus gewöhnt.

„Ich lasse ihr genug Futter und Wasser zurück und mache Musik an. Am liebsten hört Peggy Radio Gütersloh", erzählt Gregor.

Eine andere Hundefreundin ist froh, dass sie wieder mit ihrem vierbeinigen Liebling lange Spaziergänge unternehmen kann. „Ich hatte zwölf Jahre einen Hund und war immer glücklich damit", sagt sie. Dann starb der Hund.

Sie wurde krank. Die Hüften wollten nicht mehr. Ans Gassigehen war zu dieser Zeit nicht zu denken. Es folgte eine lange und freudlose Zeit ohne Hund. Die Frau ließ sich operieren, an beiden Hüften. Die Genesung hat lange in Anspruch genommen. Es ist alles gut gegangen.

Sie hat neuen Lebensmut geschöpft. Und sich einen neuen Hund angeschafft. Josy heißt der zottelige Geselle. Sein Vorbesitzer nannte ihn Rosi. Sein Herrchen hatte wenig Zeit für seinen Vierbeiner. „Josy war viel alleine und hatte kaum Kontakte zu anderen Hunden", berichtet die Frau. Und auch sonst scheint Josy keine allzu guten Erfahrungen in seinem ersten Leben gemacht zu haben. Auch nach Monaten in seinem neuen Zuhause ist sie noch ein bisschen scheu, ja sogar ängstlich. Vor allem Männer scheinen ihr übel mitgespielt haben.

Wenn ich bei unseren Begegnungen nur einen Schritt auf Josy zugehe, weicht sie mit hängendem Schwanz zurück. Normalerweise nimmt sie kein Futter aus der Hand von Fremden an. Aber mit einen schönen Stück Entenfilet habe ich es eines Tages doch noch geschafft. Josy konnte nicht widerstehen und schnappte nach dem leckeren Happen.

Seitdem blickt sie mich bei jedem unserer Treffen mit erwartungsvollen Augen an. Sie bettelt aber nicht aufdringlich, wie es unsere Xeni zu tun pflegt. Wenn ich dann in die Tasche greife, traut sich Josy ganz nah heran. Und sie gibt mir sogar zum Dank unaufgefordert das Pfötchen. Der Start ins Leben war für Josy nicht einfach. Aber sie hat Glück gehabt. Und auch ihr Frauchen freut sich über den Hund an ihrer Seite:

„Ich habe so lange darauf warten müssen. Mit Josy ist das Leben viel schöner."

Wohl ein jeder Hundehalter wünscht sich, sein vierbeiniger Freund möge ewig leben. Die Lebenszeit von Menschen und Hunden ist aber unterschiedlich. Da gilt es, eines Tages Abschied zu nehmen – so schmerzlich es auch sein mag. Der Mensch träumt aber, dieser Augenblick würde ihm erspart bleiben.

„Ich wünschte, mein Hund würde 100 Jahre alt werden", sagte neulich eine Frau mit einem noch jungen Hund an ihrer Seite.

Die Hundeszene in einer Kleinstadt ist eine verschworene und gut vernetzte Gemeinschaftlich. Die Mitglieder gehen in der Regel nett und freundlich miteinander um. Sie stehen sich gegenseitig, wo es nur geht, mit Rat und Tat bei - auch dann, wenn der Hund einmal seine gute Kinderstube vergisst und lauthals um Leckerli bettelt oder seinen Artgenossen anfaucht.

Xena und ich habe fast nur gute Erfahrungen gemacht. Die große Mehrheit der Hundefreunde liebt ihre Vierbeiner über alles. Eine heile Welt ist es aber nicht. Wo es viel Geld zu verdienen gibt, sind kriminelle Kräfte nicht weit. Im großen Stil werden vor allem in Osteuropa Hunde, die hierzulande besonders beliebt sind, unter erbärmlichen Bedingungen gezüchtet. In engen Boxen werden jährlich Millionen Welpen nach Deutschland geschmuggelt und an leichtgläubige Hundeliebhaber verschleudert. In der Szene kursieren auch Geschichten von blutrünstigen Kampfhunden, die in kriminellen Kreisen auf grausame Kämpfe abgerichtet werden und die Menschen in Angst und Schrecken versetzen.

Merkwürdige Gestalten

Zum Glück ist so etwas nicht der Alltag in der ostwestfälischen Provinz. Bei den Streifzügen mit unserer Xeni musste ich aber eine wichtige Lektion lernen: Auch hier gibt es unter den Hundehaltern ziemlich merkwürdige

Gestalten, die bei einer zufälligen Begegnung ohne Grund abweisend und ziemlich aggressiv reagieren.

Vorsicht ist immer dann geboten, wenn das Gegenüber den Blickkontakt meidet und grußlos an einem vorbeigeht. Mittlerweile weiß ich, um wen ich tunlichst einen großen Bogen machen muss. Eines ist wichtig: Die Hunde sollten sich möglichst nicht in die Quere kommen, dann ist alles gut. Die Begegnung geht dann meist ohne Konflikte vonstatten. Aber das ist nicht immer zu vermeiden. Dann eskaliert zuweilen die Situation.

Verflixt: Schon wieder merke ich zu spät, wer da im Wald um die Ecke kommt: Die junge blonde Frau, die zwei riesige Hunde an der Leine führt. Klack, klack, beide Hunde laufen an einer Flexileine. Da ist Vorsicht geboten. Die Frau ist sichtlich nervös und überfordert. Denn ihr ist klar, dass sie kaum ihre Fellnasen wird halten können, wenn diese plötzlich ausbrechen. Die Hunde werden an den Wegesrand beordert. Dort sitzen sie nun bewegungslos. Sie wirken wie ausgestopft. Unsere Xena läuft friedlich ohne Leine ein paar Meter vor mir her und schnüffelt wie gewohnt im Unterholz in der Hoffnung, etwas Interessantes zu entdecken.

Dann hebt sie den Kopf und sieht das Trio. Das verspricht Abwechslung. Unser Hündli nimmt Tempo auf und spurtet mit fliegenden Ohren zu den reglosen Artgenossen. Ich ahne, dass es Streit geben könnte und versuche, Xeni am Geschirr zu fassen. Aber es ist zu spät. Xena hüpft und tänzelt um die blonde Frau und ihre Hunde und umkreist sie mit einem Höllenlärm. Jetzt nicht nur die Nerven verlieren.

„Ich habe Sie zu spät gesehen", sage ich zur Entschuldigung. Die Frau guckt mich streng an: „Leinen

Sie gefälligst Ihren Hund an, Sie machen mein ganzes pädagogisches Konzept zunichte." Endlich schaffe ich es, unseren Hund einzufangen. Wir gehen weiter. Was hat die gute Frau wohl mit „pädagogischem Konzept" gemeint, grübele ich.

So ein Pech: Fast an der gleichen Stelle trifft man sich ein paar Tage später wieder. Täglich grüßt das Murmeltier, fällt mir dazu ein. Die Ereignisse wiederholen sich. Wieder reißt Xeni aus, wieder veranstaltet sie ein Riesenspektakel um die beiden Hunderiesen, die stoisch alles über sich ergehen lassen. Diesmal wird der Ton aggressiver: „Wenn Sie ihren Hund nicht unter Kontrolle haben, dann sollten Sie ihn nicht von der Leine lassen", schimpft die blonde Frau und droht, mich bei der Polizei anzuzeigen.

„Alle Jogger und Walker haben schon Angst vor ihrem Hund", fügt sie hinzu und guckt mich giftig an. Ich bin sprachlos. Hier ist es doch nicht verboten, den Hund ohne Leine laufen zu lassen. Außerdem hat unsere Xeni noch niemals einen Menschen belästigt oder gar angegriffen.

Wir ziehen mit hängenden Köpfen davon. Aber es gibt eine Genugtuung. Es gibt natürlich ein nächstes Mal. Diesmal erblicke ich das Gespann früher. Ich sage: „Xeni, jetzt musst du brav sein und keinen Ärger machen." Und siehe da: Es gelingt, wir gehen ganz ruhig und wortlos vorbei. Fast enttäuscht blickt uns die junge Frau hinterher. Man merkt: Sie ist auf Krawall gebürstet.

Es geht aber noch um einiges aggressiver. Wiederum ist es eine Frau am anderen Ende der Leine, die Ärger macht. Sie führt zwei Windhunde spazieren. Die schlanken Tiere haben ein Mäntelchen um, sie frieren so schnell. Die Drei kommen uns an einer Emsbrücke entgegen.

Die Bilder wiederholen sich: Xena spurtet hin und will spielen. Das gefällt der Frau ganz und gar nicht. „Passen Sie auf", giftet sie, „wenn ich meine Hunde von der Leine lasse, dann ist ihrer in zwei Minuten tot." Ich kann es nicht fassen und bin zunächst sprachlos. Als wir schon fast außer Hörweite sind, fällt mir der passende Spruch ein: „Was für eine dumme Pute." Aber: Man sieht sich immer wieder. Als wir das nächste Mal die Windhundfrau passieren, sage ich so laut, dass auch sei es hören kann: „Xeni, wir gehen weiter, das sind die Hunde, die nicht spielen dürfen." Es funktioniert.

Die nächste Szene hat schon fast bizarre Züge. Lustlos schlendern Xeni und ich durch den Wald. Es nieselt, es ist ziemlich kalt, kein Mensch weit und breit. Ich überlege gerade, wie ich meine mit Schlamm besudelten Sneaker wieder sauber bekomme, da haben wir eine Erscheinung.

Auf dem Weg steht eine Frau im mittleren Alter, die so gar nicht in diese Umgebung passt. Sie trägt ein hellblaues Kostüm und elegante Schuhe mit hohen Absätzen. Ich frage mich, was die Frau an einem Tag wie diesem in den Wald führt. Vielleicht ist sie auf der Durchreise und macht nur ein kleines Päuschen in der schönen Natur, schießt mir in den Kopf. Der Parkplatz ist ja nur einen Katzensprung entfernt.

Zu ihren Füßen regt sich was. Ich kann noch nicht erkennen, was das ist. Wir gehen ein paar Schritte näher. Jetzt wird's klar: Es ist ein winziges Hündchen, das da um die Frau in Blau tippelt. Das sieht Xeni auch.

Endlich ein bisschen Abwechslung an diesem trüben Tag. Ein Spielchen wäre nicht schlecht! Nichts wie hin – und Xeni rennt. Doch unser Hund macht seiner Rechnung ohne die vornehme Frau. Sie greift sich ihren Liebling und reißt ihn in die Höhe. Das Tier muss vor der heranbrausenden schwarzen Bestie geschützt werden.

Das war ein Fehler. Denn Xeni ist kaum noch zu stoppen. Die Aussicht auf ein Spielchen mit dem Hundewinzling ist verlockender als die gute Kinderstube. Das Hündli springt hoch und hinterlässt mit seinen Pfoten hässliche Schlammspuren auf dem feinen Zwirn. Die Frau steht am Rand eines Zusammenbruchs.

„Das kriege ich nie wieder raus", jammert sie und versucht mit einem Taschentuch, die gröbsten Spuren von dem Rock zu wischen. Sie achtet nicht auf uns – eine gute Gelegenheit, wir trollen uns davon. Ich mit schlechtem Gewissen, der Hund ist angesäuert, weil er nicht spielen durfte.

Wenn Menschen träumen

Träumen Hunde? Wenn ja, was träumen sie? Schwer zu sagen. Unsere Xeni zuckt manchmal mit den Beinen, fletscht die Zähne und knurrt bedrohlich, wenn sie ein

Zeit für Träume: Am Kamin fühlt sich Xena wohl. Dort kann sie den Tag entspannt Revue passieren lassen.

144

Nickerchen macht. Ich würde tippen, dass sie dann einen Hasen verfolgt, fängt und in Stücke reißt.

Sie träumt vermutlich all das, was ihr im wirklichen Leben nicht vergönnt ist - auch, dass sie auf Bäume klettern und fliegen kann. Einen Hasen hat sie jedenfalls noch nie erwischt.

Hunde träumen durchaus und sie arbeiten dabei die Erlebnisse des Tages auf, behaupten die Forscher. Das tun die Menschen auch. Und sie träumen oft von Hunden, ihren besten Freunden. Das geht mir auch so. Seltsame Dinge passieren da im Schlaf in meinem Gehirn. Ein Traum verfolgt mich seit einigen Nächten. Lassen Sie mich davon erzählen.

„Wenn nur nicht die Leine wäre, diese verdammte Leine. Ich würde euch alle auffressen, wenn man mich nur ließe",

Hase Oli: „Ich bin schneller."

kläfft Xena in die Runde. „Ich bin stärker, schneller und klüger als ihr alle zusammen. Niemand kann es mit der Königin des Waldes aufnehmen."

Ein Raunen, aber auch ein leises Gekicher gehen durch die Reihen. Heute ist der Tag der Entscheidung. Alle Tiere aus dem Wald und von den Wiesen haben sich auf einer Lichtung am Ufer des großen Flusses verabredet. Ein für alle Male soll entschieden werden, wer in Zukunft das Sagen im Wald und am Fluss hat.

„Du bist zwar schnell, aber ich bin noch schneller. Wenn ich einen Haken schlage, dann siehst du nur noch meine Hinterbeine", sagt der Hase Oli und mümmelt mit Genuss an einer Möhre, die er in einem Garten stibitzt hat.

Enterich Hans: „Du wirst uns nie fangen."

Xeni denkt nach. Und tatsächlich. Schon einmal hetzte sie auf einem Feld hinter einem Häschen her. Das Wettrennen ging für sie gar nicht gut aus. Im Übereifer erwischte sie einen Zaun, und das tat mächtig weh. Eine dicke Beule auf dem Kopf blieb ihr lange als Erinnerung an diese blöde Hatz. Das will der Hund nicht noch einmal erleben.

Eichhorn Peter: „Ich flüchte schnell auf den Baum."

„Du hast recht, Hase", du bist schneller und geschickter als ich. In Zukunft lasse ich dich in Ruhe. Außerdem mag ich kein Hasenfleisch. Aber die anderen werde ich jagen und fressen."

„Ho, ho, kleiner Hund, du bist ganz schön dumm", tönt es aus dem Hintergrund. Es ist die Taube Josef, die sich zu Wort meldet. „Du hast es schon oft versucht. Aber du hast

146

mich noch nie erwischt. Denn ich kann fliegen, und das kannst du nicht. Und du wirst es nie lernen, denn Hunde fliegen nicht", gurrt die Taube.

„Mich kriegst du auch nicht, mich kriegst du auch nicht", kreischt Fasan Alfons dazwischen. „Wenn du angerannt kommst, dann flattere ich einfach auf den nächsten Baum. Dort bin ich sicher vor dir."

Und auch der „große Vogel", wie Xeni den Graureiher Bodo mit ein bisschen Respekt nennt, der an den Fischteichen nach Beute lauert, lacht den kleinen Hund aus. „Du solltest es gar nicht versuchen, mir zu nahezukommen. Auch ich kann fliegen und habe dazu einen scharfen Schnabel.".

Fasan Alfons: „Ich bin vor dir sicher."

Die Tiere biegen sich vor Lachen. „Und so etwas will die Königin des Waldes sein", quakt der Enterich Hans. „Du kannst uns zwar ein Ei stehlen, du Nesträuber, aber fangen wirst du uns nie. Wir schwimmen dir einfach davon, und das kannst du gar nicht richtig."

Schwan Günter steckt seinen langen Hals aus und sagt mit tiefer Stimme: „So ist es. Außerdem bin ich stärker als du. Versuch's nur, das wird dir nicht gut bekommen. Auch die Menschen gehen mir aus dem Wege."

Die arme Xena hat Tränen in den Augen. Es stimmt alles, was die Tiere da so sagen. Sie sollte das eigentlich wissen.

Wie oft hat sie schon versucht, eines von ihnen zu fangen. Es hat nie geklappt. Aber es gibt Tiere im Wald und am Fluss, die keine Chance gegen mich haben, ist sie trotzig. Ein Eichhörnchen ist immer eine gute Beute für mich.

„Du spinnst, du dummer Hund. Ich bin schneller auf dem Baum, als du denken kannst", flötet Eichhorn Peter. „Komm, ich zeig's dir." „Na warte, dich krieg ich schon", kläfft Xeni zurück und setzt zum Spurt an. Im Nu ist das possierliche Klettertierchen zwischen den Ästen des Baumes verschwunden – unerreichbar für den wütenden Hund. Xeni versucht, mit aller Kraft den glatten Stamm hochzuklettern, doch sie kommt keinen Millimeter voran.

Die Tiere biegen sich vor Lachen. Und so etwas will Königin des Waldes werden? Nicht einmal auf einen Baum kommt sie. Nur der Mäusevater Erich bleibt ernst. „Ich habe wirklich Angst vor dir. Du bist stark und hast scharfe Zähne. Mit deiner guten Nase findest du meine Familie überall", piept er leise. "Wir können uns vor dir zwar in

Wir haben Angst vor Xeni!

unserem Bau verstecken, aber wenn du richtig buddelst,
dann ist unser Nest in Gefahr. ".

Das Reh Maximilian, das von allen im Wald wegen seiner
Weisheit geachtet wird, tritt hervor. „Warum willst du uns
auffressen? Wir haben dir doch gar nichts getan. Wir
wollen friedlich miteinander leben und wie du ein schönes
Leben haben. Du sollst unser Freund sein."

Der Hund sitzt traurig mit hängenden Schlappohren da
und denkt lange nach. „Na gut", flüstert Xena, „ich lasse
euch leben. Aber ich will doch ein bisschen Spaß haben.
Ich bin doch ein Jagdhund. Darf ich wenigstens ab und zu
Mal hinter euch herrennen?" Die Tiere beraten sich.
Dann erklingt aus dem Rund ein zustimmendes Raunen.
„So machen wir es. Aber du musst immer gut aufpassen,
dass niemandem etwas passiert", verkündet Maximilian.
So ist's beschlossen und besiegelt. Fortan herrschen
Frieden und Eintracht im Wald und am Fluss.

Mit einem Ruck wache ich auf. Das war ein merkwürdiger
Traum. Wilde Tiere, die sich vertragen und Spaß
miteinander haben? So etwas gibt es nicht. Oder doch?

Bummel in der Stadt

Xena ist kein Stadthund. Ihr Revier sind der Wald und die Wiese, die Natur, in der die Regeln und Gesetze des Menschen außer Kraft gesetzt sind. Der Hund glaubt das jedenfalls. Manchmal geht es aber nicht anders.

Ab und zu machen wir einen „Bummel", wie es bei uns heißt. Wir fahren zum Shoppen in eine größere Stadt.

Zutritt verboten; In der Stadt muss Xena vor den meisten Geschäften warten.

Xena muss mit, sie soll sehen, dass es auch eine andere Welt gibt. Für den Hund ist klar, dass er auf dem Beifahrersitz Platz nehmen darf. Die anderen sollen gefälligst hinten sitzen. Xena lümmelt sich auf ihrer Decke. Sie wird angeschnallt, es geht los.

Unser Hund fährt eigentlich gerne Auto. Xeni betrachtet mit Interesse die vorbeifliegende Landschaft von ihrer erhöhten Sitzposition. Kommt bei einem Stopp an der Ampel ein Artgenosse in ihr Gesichtsfeld, begrüßt sie ihn mit einem freundlichen Bellen.

Gütersloh ist unser beliebtes Bummel-Ziel. Wahrlich keine pulsierende Metropole. Aber für einen Hund vom Lande sind die Eindrücke schon gewaltig. Die vielen Autos, die rastlosen Menschen, die an ihm vorbeirennen - all das ist Xena nicht ganz geheuer. Ganz zu schweigen von den fremden Gerüchen und Geräuschen.

Und auch die Hunde der Stadt sind anders. Sie laufen brav an der Leine und haben so gar keine Lust auf eine spontane Begrüßung oder ein Wettrennen. Zu viele Steine, zu wenig Grün gibt es in der großen Stadt. Das Schnüffeln an jeder Ecke und das Herumstrolchen sind gänzlich verboten. Man kommt dabei zu schnell in die Quere mit den Menschen, die so beschäftigt durch die Straßen eilen.

Die Geschäfte sehen gemütlich aus, das muss Xena zugeben, und ab und zu weht ein verführerischer Duft von den Restaurants herüber. Da gibt es was Leckeres, verrät ihr die feine Nase. Doch Betreten ist für einen Hund verboten. So muss unser Hündli vor der Tür warten – und mit ihm einer von uns.

Wohin soll ich mich wenden, wenn ich mein Geschäft verrichten muss?, fragt sich das Hündli verzweifelt. Weit und breit ist kein Rasen, kein Grünstreifen zu entdecken.

Es kann nicht warten. In seiner Not macht Xena ein stattliches Häufchen auf dem Pflaster mitten in der Fußgängerzone. Das ist mir peinlich. Die Kacke muss weg, und das möglichst ohne Rückstände. Ich hole den Kotbeutel aus der Tasche und versuche, die stinkende, schmierige Masse von den Steinen zu kratzen.

Das ist ein schier aussichtsloses Unterfangen. Klebrige Reste bleiben in den Fugen hängen, zum Teil auch an meinen Fingern. Und dann das noch: Drei Tauben flattern herbei und setzen sich direkt vor die Nase des Hundes. Das ist für Xena etwas Ungeheuerliches eine Provokation, die unverzüglich bestraft werden muss. Sie stürzt sich mit Gebrüll auf die frechen Vögel. Es reißt mir fast die Leine aus der Hand, während ich mit der anderen noch damit beschäftigt bin, die Reste des Haufens zu beseitigen. Die Leute freuen sich über das Schauspiel, einige gucken auch kritisch drein.

So etwas passiert in freier Wildbahn niemals, da halten die Tauben immer einen Respektabstand. Doch in der Stadt ist den vögeln die natürliche Distanz verloren gegangen. Die Tauben sind ein Teil der urbanen Gesellschaft geworden. Der Tisch ist für sie immer reich gedeckt. Der Nachschub an Leckerbissen versiegt nie. Die Menschen stören sich schon längst nicht mehr an den zutraulichen Vögeln; einige füttern sogar die possierlichen Tierchen.

Und auch die Hunde der Stadt haben sich längst daran gewöhnt. Sie gehen achtlos an den pickenden und gurrenden Vögeln vorbei. Xena nervt das alles. Sie hat genug von der Stadt und möchte in ihr Revier zurück. Auch ein Stück Bratwurst vom guten Metzger kann sie nicht umstimmen, noch länger in der großen Stadt zu bleiben. Unsere Shopping-Tour geht zu Ende, wenn's dem Hund nicht gefällt, dann wollen wir es auch nicht.

Durch die Flora

Das beste Eis

Für den Wiedenbrücker gibt es mindestens zwei gute Gründe, sich hier und da auf den Weg nach Rheda zu machen. Da ist zu einem das Rathaus; zwar gibt es am Markt in Wiedenbrück eine Dependance der Stadtverwaltung, doch wenn es um wichtige Behördengänge geht, dann ist die Zentrale in Rheda die einzig richtige Adresse.

Und da ist der Bahnhof. In Wiedenbrück gibt es keinen. Also ab nach Rheda, und schon geht die Reise mit dem Zug in die weite Welt.

Für Xeni und mich gibt es noch einen weiteren gewichtigen Grund, nach Rheda zu marschieren. Dort gibt es das beste Eis der Stadt. Schon dafür lohnt die knapp fünf Kilometer lange Wanderung. Am Ziel angelangt, holen wir uns eine Kugel Haselnusseis im Hörnchen. Ich bitte den netten Italiener hinter dem Tresen um zwei Löffel. Einen für Xena, einen für mich. Er lächelt uns an, denn er weiß, was wir nun vorhaben.

Wir suchen uns ein schönes Plätzchen auf der Rathaustreppe, am besten in der Sonne, mit Blick auf den Marktplatz. Gemeinsam löffeln wir mit Genuss das leckere Eis, bis nur noch die Waffel übrig ist. Auch die teilen wir uns zum Schluss brüderlich. Teils belustigt, teils mit Kopfschütteln laufen die Leute an uns vorbei. In manchen Gesichtern lese ich den Vorwurf: Igitt, das geht doch nicht, ein Eis mit einem Hund zu teilen. Wie unappetitlich. Es geht, und es schmeckt uns beiden vorzüglich.

Eine junge Stadt

Rheda und Wiedenbrück, Wiedenbrück und Rheda. Was wird da nicht gestichelt und gelästert, seit Generationen gibt es Animositäten und Vorurteile zwischen den beiden Stadtteilen. Die Konflikte sind geschichtlich bedingt. Rheda-Wiedenbrück ist eine junge Stadt. Sie ist im Zuge der Gebietsreform 1970 entstanden. Aus den zwei einst selbständigen Städten formte die Landesregierung mit einem Federstrich eine neue kommunale Einheit. Viele fühlten sich davon überrumpelt. Es gab damals viel Streit und Neid. Auch der neue Name wurde heftig diskutiert.

Das kann ich sogar nachvollziehen. Rheda-Wiedenbrück: Wie klingt das denn? Mich besonders einladend, so viel steht fest.

Bis vor Kurzem war die Doppelstadt an der Ems für die meisten Menschen von außerhalb Terra incognita, unbekanntes Land. Fragte jemand im Urlaub, wo man denn wohnt, dann wagte ich es kaum, diesen Namen auszusprechen. Zu oft wurde meine Antwort schon mit „Wo liegt das denn?" quittiert.

„In der Nähe von Gütersloh", sagte ich dann, um mir weitere Diskussionen zu ersparen. Bertelsmann und Miele sind den meisten ein Begriff. Aber nicht allen. Dann ergänzte ich: „Bielefeld". „Arminia, ach, das kenne ich", kommt dann oft. Gut, dass es so viele Fußballfans in Deutschland gibt.

Diese Zeiten sind seit Corona vorbei. Mit der weltweit grassierenden Suche hat Rheda-Wiedenbrück eine zweifelhafte Berühmtheit erlangt. Als sich in der Schweinezerlegung des Tönnies-Fleischkonzerns fast 2.000 Leiharbeiter aus Rumänien, Bulgarien und Polen mit dem gefährlichen Virus infizierten, rückte Rheda-

Wiedenbrück als gigantischer Corona-Hotspot für Wochen in den Blickpunkt des Interesses. Medienvertreter aus der ganzen Welt gaben sich in der Rhedaer Firmenzentrale die Klinge in die Hand, um über die aktuellsten News des Corona-Ausbruchs zu berichten.

Dabei gerieten auch die zum Teil menschenunwürdigen Arbeits- und Wohnverhältnisse der vielen Tausend sogenannter „Werkvertragsarbeiter" aus dem Osten Europas und die kriminellen Machenschaften der Subunternehmer, die sich an dem Elend der armen Menschen bereichern, ins Kreuzfeuer der Kritik.

Bald bekamen die Bewohner aus dem Kreis Gütersloh am eigenen Leibe zu spüren, was Ausgrenzung bedeutet: Mehrere Bundesländer, so Niedersachsen, Schleswig-Holstein und Bayern, schlossen während des lokalen Lockdowns für mehrere Wochen ihre Grenzen und verweigerten den Güterslohern die Einreise. Nur wer einen aktuellen negativen Corona-Test vorweisen konnte, durfte einreisen, und das ausgerechnet mitten in der Urlaubszeit.

Es kam vor, dass Autofahrer mit dem Gütersloher Kennzeichen GT außerhalb des Kreises wüst beschimpft wurden. In Einzelfällen kam es sogar zu Beschädigungen der Fahrzeuge der Gütersloher. Die Einreisebeschränkung schlug hohe Wellen. Landrat Sven-Georg Adenauer nahm deutliche Worte der Kritik in den Mund und sprach wiederholt von „Sauerei" und „Stigmatisierung".

Wie so oft hat alles Schlechte im Leben auch etwas Gutes. Seit Corona reicht auf die Frage „Wo kommst du her?" die einfache Antwort „aus Rheda". Man blickt mich fast mitleidig an. Die Fronten sind geklärt: „Ach ja, aus dem Seuchen-Kreis", kommt häufig zurück.

Muss ich ein Formular ausfüllen und den Wohnort angeben, schimpfe ich wie ein Spatz. Wer hat sich diesen bescheuerten Namen ausgedacht? Mit 16 Buchstaben (ohne Bindestrich). Die passen meist nicht in die vorgegebenen Kästchen! Das ärgert mich. Die einzige Lösung: Eine Abkürzung muss her. Rheda-WD heißt es dann.

Wer soll das verstehen? Warum können wir nicht etwa in Verl wohnen? Wie einfach wäre das Leben mit nur vier Buchstaben. Doch dann tröste ich mich. Nicht nur an der Ems hat die Reform ein Namenschaos hinterlassen, an dem die Menschen heute noch zu tragen haben. Es gibt genug abschreckende Beispiele in der Nachbarschaft, sogar im Kreis Gütersloh.

So haben die Menschen in Herzebrock-Clarholz mit 19 Buchstaben im Ortsnamen ein noch schwereres Los zu tragen, und die Stadt Schloss Holte-Stukenbrock schießt in diesem Ranking der Wortungetüme den Vogel ab: Sage und schreibe 24 Buchstaben, mit Bindestrich, zähle ich. Diese Zahl muss aber nicht stimmen, dafür ist der Name zu lang, um ihn einer erneuten detaillierten Analyse zu unterziehen

Schub für die Stadt

Als Zugezogener kann man kaum verstehen, was da alles so an Rivalität zwischen den Wiedenbrückern und den Rhedaern unter der Oberfläche brodelt. Nur gut, dass die einstige Abneigung immer mehr aus den Köpfen der Menschen verschwindet, vor allem der jungen Generation. Einen großen Beitrag dazu leistete die Landesgartenschau, die 1988 eröffnet wurde. Es floss damals viel Geld des

Landes an die Ems. Rheda-Wiedenbrück erlebte einen enormen Schub. Es wurde viel in die Infrastruktur und das Außenbild der Stadt investiert. So wurden auch die uralten Fachwerkhäuser mit großem Aufwand restauriert. Der damals angelegte Park des Gartenschaugeländes heißt heute Flora Westfalica.

Wie ein grünes Band verbindet das etwa drei Kilometer lange naturnah gestaltete Gelände die beiden Altstädte von Rheda und Wiedenbrück. Und es verbindet die Menschen in den beiden Stadtteilen. Und auch die Hunde aus Wiedenbrück und Rheda kommen sich hier näher. Die Flora ist eine beliebte Flaniermeile für Mensch und Hund. Auch Xena und ich machen uns regelmäßig auf den Weg. Immer mittwochs, aber nur, wenn das Wetter stimmt. Mittwochs ist nämlich Wochenmarkt in Rhedas City. Am Rande des Markttreibens steht auch ein Imbisswagen. Dort gibt es leckere Bratwurst, die wir beide mögen. Schon dafür lohnt der lange Marsch.

„Hund und Frau"

Wir starten in der Wiedenbrücker Altstadt. Wie es sich gehört, hat unsere erste Station einen tierischen Bezug. An der Langen Straße, vor dem Feinkostgeschäft Mönchmeier, steht ein Ensemble, das jedem Hundebesitzer ein Lächeln ins Gesicht zaubert: Eine freundlich dreinblickende Dame hält in ihren Händen einen Knochen und eine Wurst. Vor ihr sitzt ein Bernhardiner, der konzentriert auf die Leckerchen starrt und mit einem treuen Blick um Futter bettelt.

Beide Figuren sind aus Beton geformtt und wiegen knapp 100 Kilogramm. Das Duo „Hund und Frau" wurde in dem

Atelier der Wittener Künstlerin Christel Lechner gefertigt und anschließend mit Acrylfarbe bemalt. Die Skulpturen vor Mönchmeier sind nur ein kleiner Teil eines Kunstprojektes, das unter dem Namen „Alltagsmenschen" firmiert und vor nunmehr 16 Jahren von dem heimischen Unternehmer Burckhard Kramer und seiner Stiftung initiiert wurde.

Jeden Sommer verwandelt sich die Innenstadt für mehrere Monate in eine riesige Freiluftausstellung – mit immer wieder neuen Akteuren aus Beton und wechselnden

„Hund und Frau": Die Skulptur vor dem Geschäft
Mönchmeier ist ein beliebtes Fotomotiv.

Standorten. Man hätte keinen passenderen Platz für Hund und Mensch finden können – herrscht doch an dieser Stelle inmitten der Wiedenbrücker City ein ständiges Kommen und Gehen.

Auch viele Hundebesitzer kommen hier vorbei. Manchmal steuern sie gezielt diese Ecke an, denn die Figuren haben sich zu einem beliebten Fotomotiv gemausert. Mit einem Leckerchen werden die Vierbeiner in das Ensemble gelotst, um so ein möglichst schönes Foto zu machen.

Wir schlendern weiter. Der idyllische Emssee, der extra für die Gartenschau angelegt wurde, kommt in Sicht. Bevor wir eine Holzbrücke überqueren, passieren wir die nagelneue Emstreppe.

Sie war umstritten und teuer. Aber sie ist schön geworden – es wird ein neuer Treffpunkt für die Wiedenbrücker. Mir wird aber auch ein bisschen bange, wenn ich mir das Bauwerk näher betrachte. Denn die Treppe ist ganz schön steil. Ein Kleinkind würde ich nicht alleine darauf spielen lassen. Wehe, es purzelt bei Hochwasser in die reißenden Fluten der Ems.

Kunst und Kuchen

Wir sind nun im Flora-Park. Nur ein paar Schritte hinter der Brücke lohnt ein weiterer Stopp. Hier wurde im Sommer 2018 eine Figurengruppe aus dem Atelier des Varenseller Künstlers Dr. Wilfried Koch aufgestellt.

Die Skulptur trägt den Titel „Der Knoten im Garn" und ist ein Geschenk des Möbelunternehmers Bruno Höner und seiner Familie an ihre Heimatstadt. Dargestellt ist eine Spinnerfamilie in der Wiedenbrücker Senne.

Die aus Vater, Mutter und Kind bestehende Gruppe solle die Not und das Elend der Hausgarn-Spinner im 17. Bis 19. Jahrhundert symbolisieren, heißt es auf einer Infotafel nebenan. Ich finde die Erklärungen interessant, Xena weniger. Sie kann (noch nicht) lesen, und die Figuren treffen offenbar nicht ganz ihren Geschmack. Sie will weiterziehen.

Vor uns liegt das Seecafé. Ein idyllisches Ambiente, denke ich jedes Mal, wenn wir hier vorbeikommen. Von der Terrasse aus hat man einen tollen Blick auf den See.

Die Kuchen und Torten, die es dort gibt, sind ein Genuss. Vor allem an den Sonntagen, bilden sich lange Schlangen an der Vitrine, in der die Torten aus Sahne, Schokolade, Marzipan und anderen edlen Zutaten präsentiert werden. Das Anstehen lohnt, schon beim Anblick der Kalorienbomben in vielen Variationen läuft einem das Wasser im Munde zusammen.

Auf der Hundewiese

Zwischen See und Wasserspielplatz verläuft ein Weg, der von vielen Hundefreunden gerne als Gassi-Strecke genutzt wird. Kein Wunder, ist doch die Innenstadt nur einen Katzensprung entfernt.

Am Gymnasium vorbei marschieren wir weiter. Dann heißt es warten. Am Ring zeigt die Fußgängerampel wieder einmal Rot. Und das kann ewig dauern. Die Ampelschaltung kann einem den Nerv rauben. Sie zeigt immer noch Rot. Kein Auto ist in Sicht. Xena und ich gehen einfach über die Straße, ich mit schlechtem Gewissen, Xeni ist es egal. Man könnte ihr ohnehin keinen

Vorwurf machen, sind doch Hunde farbenblind und können Rot und Grün nicht unterscheiden.

Es dauert nicht lange, und der Hundeplatz kommt in Sicht. Auf dem eingezäunten Gelände an der Ems sollen die Vierbeiner nach Belieben rennen und toben können und quasi nebenbei soziale Kontakte zu Artgenossen knüpfen. Das hört sich doch gut an, sagte ich mir, das ist was auch für unsere Xeni. An diesem Mittwoch ist die Hundewiese öde und verlassen – kein Mensch und kein Hund weit und breit.

Wir wollen es trotzdem testen und treten ein. Ich lasse den Hund von der Leine und hocke mich auf die Bank. Mal sehen, was passiert.

Es passiert nichts. Unser Hündli sitzt vor mir und starrt mich erwartungsvoll an. Es will ein Leckerchen. Klar, von unseren Streifzügen ist es so gewohnt. Na gut, warum eigentlich nicht. Ich warte noch ein Weilchen, doch es tut sich immer noch nichts. Auf Toben hat Xeni jetzt keine Lust. Und Schwimmen ist sowieso nicht ihr Ding. „Warum sind wir hier? Im Wald ist es doch schöner", sagt ihr Blick.

Zweiter Versuch eine Woche später. Diesmal ist richtig was los auf der Hundewiese. Schon von Weitem hören wir das Gekläffe. Xena zieht an der Leine. Sie ist angespannt. Wir kommen näher und sehen, dass drei große Hunde über das Gelände flitzen. Ihre Herrchen sind in Gespräche vertieft, ziehen an ihren Zigaretten und beachten uns nicht. Als ich das Törchen entriegele, kommt die Meute angerannt. Die Hunde knurren, zeigen ihre Zähne und springen den Zaun hoch.

Xenis Nackenhaare sträuben sich. Sie bellt zurück, doch so ganz wohl ist ihr dabei nicht. Die Herrschaften würdigen uns keines Blickes. Es war vielleicht doch keine so gute Idee mit dem Hundeplatz, denke ich. Wir machen einen Rückzieher. Im Wald ist es wirklich schöner.

Später erfahre ich von Hundehaltern, dass unsere Erfahrung durchaus kein Einzelfall ist. Vor allem die Besitzer von kleinen Hunden meiden die Wiese; sie klagen über aggressive und unverträgliche Fellnasen, die die Szenerie beherrschten und von ihren Besitzern nicht in Zaum gehalten werden.

Die Stimmen in den sozialen Medien sind indes durchaus positiv. „Wir sind sehr gerne dort, es ist sauber und das Publikum überwiegend sehr nett. Die Lage ist super", heißt es in einem der Beiträge. Hatten wir nur Pech? Wir kommen an einem anderen Tag wieder. Vielleicht am Freitag.

Unsere Xena könnte ein bisschen Kunst und Kultur vertragen. In dieser Beziehung ist sie ein richtiger Banause. Deswegen lässt sie den Betonpavillon von Christian Odzuck rechts liegen, ohne ihn nur eines einzigen Blickes zu würdigen. Und auch ich, so muss ich gestehen, kann mit dem massigen Kunstwerk nicht viel anfangen; ich fühle mich an einen Bunker erinnert. Das ist aber, wie so vieles im Leben, eine Frage des Blickwinkels und des Kunstverstandes.

Ein paar Hundert Meter weiter kreuzen sich die Fahrradwege. Wir erreichen den Skate-Park, links liegt das Beachvolleyballfeld. Kurz dahinter auf der rechten Seite ist eine Weise, die förmlich zum Spiel mit dem Hund einlädt. Manchmal treffen wir dort Gerd und sein Hündchen Ruby.

Gerd und seine Ruby

Wir wollen keinen dressierten Hund. Da sind wir uns einig, Gerd und ich. Spiel und Spaß statt Drill, das ist unser Credo. Unsere Hunde sollen auf uns hören, weil sie uns mögen und nicht, weil sie Angst vor uns haben.

Um das volle Potenzial aus dem Zusammenleben mit dem Hund auszuschöpfen, braucht man ein enges Vertrauensverhältnis, betonen die Hundeforscher. Man sollte es dem Hund ermöglichen, sich voll in die Partnerschaft einzubringen. Ein Hund, der von seinem Halter aus Sorge vor dem Weglaufen ständig an der Leine hänge, werde in „ängstlicher Abhängigkeit" gehalten, wie es jüngst ein Experte formulierte. Ein solcher Hund werde sich nicht entfalten können, und das wechselseitige Vertrauen werde nie jenes Niveau erreichen, das es eigentlich idealerweise erreichen könnte. Kluge Worte, wie ich finde, die sich im Alltag immer wieder bestätigen. Wie ich ist auch Gerd ein Ruheständler. In seiner aktiven Zeit ist er täglich zur Arbeit in Gütersloh geradelt, Tag für Tag, bei Wind und Wetter. Auch im Winter zieht er seine geliebten Crocks an; bevorzugt ohne Socken. Ein Naturbursche eben. Nun ist Ruby sein Lebensmittelpunkt. Eigentlich hatte sich Gerds Frau Barbara ein Hündchen für den gemeinsamen Ruhestand gewünscht. Doch nun hat Gerd das „Projekt Hund" in der Hand – zumindest, was die Outdoor-Aktivitäten anbetrifft. Ruby ist eine weiße zottelige Mischlingshündin. „Ruby ist ein Mix aus Bernhardiner und Seehund", behauptet Gerd augenzwinkernd und spielt damit auf die Vorliebe des knuffigen Hündchens fürs Wasser. Einmal von der Leine gelassen, springt Ruby, sobald sich eine Gelegenheit bietet, in die Ems.

Sie kommt vom Tierschutz und wurde irgendwo auf einer Straße in Ungarn aufgelesen. Das macht die Sache nicht leichter. Wer weiß, was das niedliche Hündchen dort so alles erleben musste. Das schreckt Gerd nicht ab. Wie ich ist auch er ein Hundenovize.

Sein neues Hobby geht er mit Begeisterung und Geduld an.

Ruby und seine Frisbee-Scheibe: Geübt wird täglich auf einer Wiese oder Lichtung.

Unsere Wege kreuzen sich oft. Während Xena und ich das stramme Marschieren bevorzugen, suchen sich Gerd und seine Ruby lieber ein ruhiges Plätzchen abseits des Weges, so wie am Skate-Park. Eine kleine Wiese oder Lichtung ist genug für das Training. Und das geht so: Gerd wirft eine Frisbee in die Luft, und der Hund hechelt hinterher. Immer wieder und immer wieder. Das Ziel ist, das Spielzeug in der Luft zu schnappen. Es klappt immer öfter, fast schon zirkusreif. Mensch und Hund sind glücklich. So muss es sein. Gerd stellt klar: „Ruby ist kein Zirkushund, der auf Befehl Männchen macht und Pfötchen gibt."ff

„Huuh" im Aquatunnel

Wir sehen schon unser nächstes Ziel: einen Berg. Ein richtiger Berg ist es eigentlich nicht; nur eine Böschung, die man als Lärmschutzwall zur Autobahn aufgeschüttet hatte.

Wir starten unser übliches Wettrennen: Wer ist als Erster oben? Ich kann schnaufen und rennen, was ich will, Xeni gewinnt immer. Kein Wunder, ist sie doch ein waschechter Gebirgshund.

Auf der Kuppe sind zwei Bänke platziert, dort verschnaufen wir, und ich verteile das obligatorische Leckerli, bevor es im Höllentempo wieder nach unten geht.

Vor der Autobahn knickt der Weg scharf nach rechts ab. Wir steuern die Unterführung, den Aquatunnel, an. Mein „Huuh" soll Xena erschrecken, bringt aber nur einen Radler fast ins Schlingern.

Es folgt Genuss pur: Die nächsten Kilometer führen uns durch eine einzigartige Landschaft. Der schmale Weg zieht sich entlang der renaturierten Ems durch einen Erlenbruchwald. Das Sumpfgebiet mutet fast schon exotisch an und vermittelt einen Hauch von Urwald.

Der Erlenbruchwald ist zusammen mit den Schlosswiesen Teil eines etwa 26 Hektar großen Naturschutzgebiets. Es sei „ein Paradies für Naturschutzliebhaber. Seltene Vögel und Pflanzen finden dort ihren Lebensraum", heißt es in einem Werbeprospekt. Auf Facebook fand ich kürzlich einen kritischen Beitrag zum Thema Erlenbruchwald.

Bei der Lektüre fuhr mir der Schrecken in die Glieder. Einer, der sich ziemlich gut mit der heimischen Flora und Fauna auszukennen scheint, schreibt:

„Es gibt kaum noch Schnecken im Erlenbruchwald. Es sind auch Kröten oder gar Frösche und Molche lange nicht mehr gesehen worden im Erlenbruchwald. Ganz abgesehen von dem auf der Infotafel angepriesenen Kiebitz oder die Bekassine. Diese schon seit über 15 Jahren nicht mehr! Da dieses Naturschutzgebiet im Herzen von Rheda-Wiedenbrück aus der Ems gespeist wird, ist es zur vergifteten Güllegrube verkommen, weil Bauern bis zum Uferrand düngen und Gift versprühen. Trockene Sommer durch Klimaerwärmung wie 2018 geben dann diesen Gebieten noch den Rest. Normalerweise müssten hier Tausende von Köcherfliegenlarven und Libellen leben, Unken, Molche, Frösche, Brutvögel, seltene Sumpfpflanzen und, und, und... Aber nichts! Der Erlenbruchwald ist eine einzige Kloake mit Brennnesseln und Indischem Springkraut geworden!"

Ob all das stimmt, kann ich nicht beurteilen. Ich bin ein Laie auf diesem Gebiet, kein Botaniker und kein Zoologe. Wenn der Verfasser aber Recht hat, dann wäre es ziemlich schlimm.

Unserem Hund ist es schnuppe. Er schnüffelt rechts und links des Weges und will nur eines: Enten und anderes Federvieh jagen. Davon gibt's hier reichlich. Die Tiere sind an die Menschen gewöhnt und tummeln sich in den Pfützen direkt neben der Promenade. Das macht den Hund verrückt. Aber jagen darf er natürlich auch hier nicht.

Überhaupt: Ihn von der Leine zu lassen, das geht hier kaum. Denn die Flora ist ein Besuchermagnet, und das nicht nur für die Einheimischen. Vor allem sonntags und an den Wochenenden kommen viele auswärtige Gäste in die Doppelstadt. Auf den Wegen der Flora herrscht ein ständiges Gewusel aus Spaziergängern, Fahrradfahrern, Joggern und Familien mit Kindern, so dass es für Hund und Mensch kaum ein Durchkommen gibt.

Ich muss höllisch aufpassen, dass Xeni, die dazu neigt, ohne Vorwarnung die Seite zu wechseln, nicht den anderen in die Quere kommt. Da hilft nur die kurze Leine – und ständige Blicke nach vorn und hinten, ob Gefahr im Verzug ist.

Heute ist aber Mittwoch, und da hält sich der Ansturm in Grenzen. Passt schon. Wir kommen gut voran.

Der Hund im Schloss

Geschafft. Wir sind am Bleichhäuschen angekommen. Dort werden Ausstellungen vor allem junger Künstler organisiert. Eine grob gepflasterte Straße quert den Weg.

Sie führt zum Schloss Rheda, wo heute noch richtige Fürsten residieren.

Maximilian zu Bentheim-Tecklenburg und seine Frau Marissa bewohnen einen Teil der ehemaligen Wasserburg. Zur Familie gehört auch ein Hund: der Labrador Mamba. Im historischen Schlossgarten liegt die Orangerie. Dort finden hochkarätige Ausstellungen und Konzerte statt. Der Sandsteinbau ist eine beliebte Location für Hochzeiten oder andere Familienfeiern.

Naschen aus dem Körbchen: Das Bronzemädchen Flora steht im Rosengarten.

Es ist nicht mehr sehr weit. Wir durchqueren den Schlossgarten und marschieren an den Tennisplätzen des TC Schlosspark vorbei. Der Schotterweg führt entlang der Ems, bis der Rosengarten in Sichtweite ist.

Das kürzlich neu gestaltete Areal bildet den Abschluss des Flora-Parks. Eine Mädchenfigur aus Bronze inmitten der idyllischen Anlage mit dem beziehungsreichen Namen „Flora" bietet wieder Gelegenheit für ein Geschicklichkeitsspielchen. Ich deponiere ein Leckerchen im Körbchen, das das Mädchen in der Hand hält. Dort kann es sich unser Hündli holen. Dabei muss es sich ganz schön strecken.

Es ist vorbei mit Ruhe und Beschaulichkeit. Straßenlärm und stinkende Abgase empfangen uns an der Gütersloher Straße. Wir halten uns links, dort liegt die Innenstadt. Es sind nur noch ein paar Minuten bis zum Objekt der Begierde. Xena freut sich schon auf den Leckerbissen.

Wir sind fast am Wurstwagen. Um die Spannung zu halten, mache ich einen kleinen Umweg und schaue mir gegenüber in der Auslage des dortigen Fachgeschäftes die aktuelle Schuhmode an.

Der Hund zieht an der Leine und kann es kaum abwarten. Dann ist es so weit. Wir sind am Imbiss. Ich bestelle eine Bratwurst. Extra kross, so schmeckt sie uns beiden am besten. Eine Bank hinter dem Wagen ist unser Ziel. Ich setze mich darauf, der Hund davor. Stück für Stück teilen wir uns die noch heiße Bratwurst. Ich mit viel Senf, Xena natürlich ohne. Dazu gibt es ein Toastbrot. Auch das wird gerecht geteilt.

Keine fünf Minuten dauert das Wurstprocedere. Dann machen wir uns auf den Rückweg durch die Altstadt von Rheda, bis wir die Hauptstraße erreichen. Sie verbindet die beiden Stadtteile. Dort ist eine Fußgängerampel, die uns direkt zurück in die Flora führt.

Wir gehen schnurstracks durch den schon bekannten Erlenbruchwald. Hinter dem Aquatunnel ist Zeit für den nächsten Stopp: das Streichelzoo. Schon von Weitem hört man das Gemecker der Ziegen. Die Kinder lieben die struppigen Tiere, streicheln sie durch den Zaun und füttern sie.

Xena hat ein eher gespaltenes Verhältnis zu Ziegen. Sie steckt die Nase durch den Zaun und beschnuppert die seltsamen Geschöpfe mit Hörnern. Irgendwas an ihnen stößt sie ab, vielleicht ist es der strenge Geruch. Schnell wendet sich der Hund ab und spurtet zu dem benachbarten Teich, in dem Bottiche schwimmen, die zu einer Bootspartie einladen.

Am Ufer des Tümpels fühlen sich Enten wohl. Das weiß auch Xena. Sie liebt es, die zutraulichen Wasservögel mit Gebell und Gezeter aufzuscheuchen. Es hat geklappt. Sie kommt zufrieden zurück. Ein paar Meter weiter steht ein Kiosk, um den sich Stühle und Tische gruppieren. Man fühlt sich fast wie in einem Münchener Biergarten. Für das Herrchen gibt's einen Radler, der Hund bekommt eine Schale mit Wasser kredenzt. Sehr zu empfehlen.

Der Seilzirkus, es befindet sich auf der rechten Seite wenige Hundert Meter hinter der Spielerei, war schon zu Zeiten der Gartenschau eine der großen Attraktionen. Bei ihrem Anblick muss ich daran zurückdenken, dass auch unsere Kinder ihre Kletterkünste in dem Seillabyrinth ausprobiert haben.

Wir standen unter dem Spielgerät. Unser banger Blick war in die Höhe gerichtet, wenn die Kleinen in der Spitze des Spielgerätes herumturnten. Wir freuten uns über ihren Mut und waren stolz auf ihre Geschicklichkeit. Doch wir schickten stets ein Stoßgebet gen Himmel, dass ein

Der Höllenhund: Mit kräftigen Farben wurde unser Hündli auf die Leinwand gebannt.

Fehltritt auf den schmalen Seilen nicht zu einem Sturz auf den harten Boden führen möge.

Es ist immer gut gegangen. Vielleicht waren der Balanceakt und das Überwinden der Angst für die Kinder eine wichtige Erfahrung, von der sie heute noch profitieren können. Das ist aber Spekulation.

Der Endspurt ist unspektakulär. Durch die Emsaue marschieren wir in Richtung Heimat. Vor der hölzernen Brücke am Friedhof machen wir manchmal einen Schlenker auf einem schmalen Pfad entlang des Flusses. Wir kommen zu einer steilen Wendeltreppe aus Metall, die für Xeni eine echte Herausforderung darstellt. Anfangs machten ihre die schmalen und offenen Stufen Angst. Doch das ist längst Vergangenheit. Leichtfüßig meistert unser Hund auch dieses Hindernis. Wie stehen auf der Oldenzaalbrücke, so nach der holländischen Partnerstadt von Rheda-Wiedenbrück benannt. Von hier oben hat man einer herrlichen Aussicht auf den Emssee. Im Hintergrund zeichnet sich die Silhouette Wiedenbrücks ab.

Wir sind fast zu Hause.

Hund und Hirn

Fantastische Fähigkeiten

Die Natur stattete den Hund mit fantastischen Fähigkeiten aus, die ihn zu einem unersetzlichen Partner des Menschen machen. Hunde riechen 10.000 bis 100.000-mal besser als wir. Mit ihrer Supernase können sie Krankheiten wie Diabetes und Krebs erschnüffeln. Sie könnten damit eine schmutzige Socke in einem Haufen von zwei Millionen sauberen Socken finden.

Ein Hund soll in der Lage sein, 500 seiner Artgenossen nach dem individuellen Geruch zu unterscheiden. Und das auch lange, nachdem diese ihre Markierungen an Bäumen, Laternen oder Brücken hinterlassen haben.

Auch unsere Xena gehört als Schweißhund zu den Spezies, die einen hervorragend ausgebildeten Geruchssinn haben. Wenn sie mit gesenktem Kopf schnüffelnd durch die Gegend rennt, dann liest sie am Wegesrand wie in einem Buch. Diesen Vergleich habe ich irgendwo gehört. Ich fand ihn passend. Es muss eine spannende Lektüre für das Hündli sein, so wie es sich dabei aufführt.

Auch das Gehör der Hunde ist phänomenal: Sie können viermal so weit hören wie Menschen. Mit einem harten Training können diese Fähigkeiten für spezielle Einsatzgebiete trainiert werden, wobei nicht jeder Hund für jede Aufgabe geeignet wird.

Im Internet findet man jede Menge Beispiele für die ungewöhnlichen Fähigkeiten von Hunden. Hier eine kleine Auswahl:

• Wenn Hunde ihr Häuflein machen, richten sie ihren Körper dabei nach dem Magnetfeld der Erde aus. Laut einer Studie können Hunde kleine Abweichungen im Magnetfeld der Erde spüren. Unter „normalen Bedingungen" erleichtern sich Hunde am liebsten dann, wenn ihr Körper entlang der Nord-Süd-Achse der Erde ausgerichtet ist. Die Studie ergab außerdem, dass Hunde die Ost-West-Achse bei ihrem Geschäft vollständig meiden.

● Hunde haben drei Augenlider. Zwei sind sichtbar und eines ist versteckt. Das versteckte Lid sitzt im inneren Winkel des Auges und verfügt über unsichtbare Tränendrüsen.

● Der erste Hund der Welt hat vor etwa 31.700 Jahren gelebt und sah aus, wie ein Sibirischer Husky. Der prähistorische Hund war etwa so groß wie ein

Xena und ihr pinker Ball: Unser Hund hat hervorragend ausgebildete Sinnesorgane. Im Spiel werden sie weiter geschätft.

Schäferhund. Er hatte eine kurze Schnauze und eine breitere Hirnschale als ein Wolf.

• Rüden heben beim Pinkeln ihr Bein, damit sie größer aussehen. Forscher der Cornell University haben herausgefunden, dass kleinere Rüden ihre Beine beim Pinkeln in einem größeren Winkel heben. Sie wollen sich damit vor allem gegenüber größeren Hunden größer machen, als sie eigentlich sind.

• Hunde trinken mit dem hinteren Teil ihrer Zunge. Im Gegensatz zu Menschen haben Hunde keine Wangen und können daher beim Trinken keinen Sog erzeugen. Hunde bewegen ihre Zunge sehr schnell nach hinten, um einen Impuls zu erzeugen, durch den das Wasser in einer Säule in ihren Schlund gedrückt wird.

• Hunde rollen sich beim Schlafen instinktiv zusammen, um lebenswichtige Organe zu schützen und sich warmzuhalten. Wenn sich ein Hund zum Schlafen ausstreckt, anstatt sich einzurollen, ist ihm entweder warm oder er fühlt sich in seiner Umgebung sehr sicher.

• Hunde haben 18 Muskeln, die ihre Ohren steuern. Sie können ihre Ohren drehen und neigen, um Schallwellen effizient wahrzunehmen. Ihre Ohren können sich außerdem unabhängig voneinander bewegen, weshalb sie Geräusche aus verschiedenen Richtungen hören können. Im Vergleich dazu: Menschen haben nur sechs Muskeln im Ohr.

• Hunde schwitzen über ihre Pfoten. Die Fellnasen haben Schweißdrüsen an den Ballen, die jedoch nicht zur Kühlung reichen. Daher hecheln Hunde, um nicht zu überhitzen.

• Geparden können in kurzen Sprints bis zu 120 Stundenkilometer schnell laufen. Obwohl Windhunde nicht so schnell sind, würden sie Geparden im Langstreckenlauf schlagen, weil sie ausdauernder sind.

●Hundenasen sind feucht, um Duftstoffe besser aufzunehmen. Außerdem helfen sie Hunden dabei, ihre

Spürhund: Xeni hat einige prächtige Exemplare des Fliegenpilzes gefunden. Leider sind sie giftig.

Körpertemperatur zu regulieren und sie abzukühlen. Die normale Körpertemperatur eines Hundes liegt zwischen 37,5 und 39,0 Grad Celsius.

Schon legendär ist der Bernhardiner Barry, der vor 200 Jahren auf dem Großen St. Bernhard in der Schweiz lebte. Mindestens 40 Menschen soll Barry in den Hochalpen vor einem eisigen Tod bewahrt haben. Aus diesem Anlass ehrte die Schweiz ihren Nationalhund sogar mit einer Ausstellung. Der ausgestopfte Lebensretter hatte da eine Requisite um den Hals, die legendär, aber mit der Wahrheit nichts zu tun hat: ein Schnapsfässchen mit dem Schweizer Kreuz.

Die Erzählungen, Barry habe dieses Fässchen den steif gefrorenen Lawinenopfern hingehalten, sind eine Erfindung. Bernhardiner werden heutzutage nur noch selten bei der Lawinenrettung eingesetzt; sie wurden immer wuchtiger gezüchtet im Laufe der Zeit und sind damit ziemlich ungeeignet für die gefährliche Arbeit im hochalpinen Gelände. Heute übernehmen andere Rassen diese Aufgabe.

Fakt ist, dass Lawinensuchhunde in der Lage sind, einen Menschen selbst unter einer dicken Schneeschicht ausfindig zu machen. Sie verlassen sich dabei auf ihre feine Nase.

Wer hat nicht schon einmal mit Staunen einen Hund beobachtet, der einen Blinden oder stark sehbehinderten Menschen sicher durch die Straßen der Stadt lotst, der ohne zu zögern an einer roten Ampel stoppt oder geschickt einem Hindernis ausweicht? Egal, ob Treppen, Türen oder Stolperfallen - auf einen Blindenhund ist immer Verlass.

Die Talente unserer Hundefreunde sind fast unerschöpflich. Der unglaubliche Geruchssinn des

Hundes leistet auch bei Erdbeben oder anderen Katastrophen unersetzliche Dienste. Auch nach langer Zeit sind sie in der Lage, vermisste Person unter einer großen Schicht von Schutt zu finden und lassen sich dabei auch nicht durch andere Gerüche irritieren.

Kürzlich rollte die Fernsehsendung „Aktenzeichen XY... ungelöst" eine ungeklärten Vermisstenfall auf, bei dem auch zwei Spürhunde eine Rolle spielten. Eine 58-jährige Frau war eines Nachts aus ihrem Hause in Mülheim an der Ruhr verschwunden. Die Polizeispürhunde nahmen ihre Spur an der nahen Auffahrt zur A3 auf.

Die Autobahn wurde daraufhin komplett gesperrt. An jeder Abfahrt kamen dann die Spürnasen zum Einsatz. Zunächst ohne Erfolg. Über 200 Kilometer weiter, an einer Abfahrt nahe Frankfurt am Main, schlugen die Hunde wieder an. Man vermutete, dass die Frau von ihrem Ehemann ermordet und in einem Waldgebiet bei Frankfurt verscharrt worden ist; der Ehemann hat dort sein Jagdrevier. Gefunden wurde die Frau zwar noch nicht, doch ich war fasziniert von der Leistung der tierischen Polizeihelfer.

Vor allem in unwegsamen Waldgebieten sind Rettungshunde in der Lage, Menschen anhand des Geruchs sicher zu erkennen. Aber auch in Kriegsgebieten, an Flughäfen, Bahnhöfen oder bei Anti-Terror-Einsätzen suchen diese vierbeinigen Helden Sprengstoff oder Landminen.

Es gibt sogar Spezialisten unter den tierischen Spezialisten. Besonders ausgebildete Spürhunde sind in der Lage, Datenspeicher in Smartphones, USB-Sticks und Kameras zu erschnüffeln. Im Fall des Kindesmissbrauchs von Lügde fand einer dieser Supernasen Beweismittel in einer Sofaritze, die zuvor von der Polizei übersehen worden waren.

Auch im Kampf gegen die Corona-Pandemie können Hunde eine wichtige Rolle spielen. Im Rahmen eines Forschungsprojekts untersucht die Diensthundeschule bei Ulmen in Zusammenarbeit mit der Stiftung Tierärztliche Hochschule (TiHo) Hannover, ob die speziell ausgebildeten Diensthunde der Bundeswehr eine Infektion mit dem Coronavirus am Geruch von Speichelproben erkennen können.

Die Idee dahinter ist, dass die Spürhunde möglicherweise anhand bestimmter Komponenten im Speichelgeruch eines Infizierten Virenlasten wahrnehmen können, die bei einem Nicht-Infizierten nicht vorliegen.

Für die Feinschmecker sind Hunde schon sehr lange unterwegs – Trüffelsuchhunde werden seit Jahrhunderten eingesetzt, um diese wertvollen unterirdischen Pilzknollen zu finden, die zu Wahnsinnspreisen gehandelt werden.

Nur am Rande: Pilze sammeln hat bei uns Familientradition. Ich kenne mich damit leidlich aus; allerdings nehme ich nur solche Pilze mit, bei denen ich mir hundertprozentig sicher bin, dass ich damit nicht die ganze Familie ins Jenseits befördere.

Xenis gutes Näschen bringt mich im Spätsommer, als im Stadtholz die Pilze haufenweise aus dem Boden schießen, auf die Idee, unseren Hund zum Schwammerl-Spürhund auszubilden. Ich halte ihm eine frisch gepflückte Braunkappe unter die Nase und kreiere spontan das Kommando „Los, Xeni, such Pilze."

Tatsächlich nimmt unser Hund Fahrt auf und schnüffelt aufgeregt die gesamte Lichtung ab. Er findet nichts, jedenfalls nichts, was an einen essbaren Pilz erinnern würde. Auch die nächsten Versuche haben keinen Erfolg. Irgendwann haben wir beide keine Lust mehr.

Ein paar Tage später sind wir wieder im Wald – doch die Pilzsaison ist fast vorbei. Aber siehe da: Xeni stößt auf einer Wiese auf mehrere prächtige Fliegenpilzexemplare. Sie beschnuppert die Knollen neugierig. Leider sind sie, zumindest für den Normalverbraucher, ungenießbar.

Entscheidend ist die richtige Dosierung. Denn Fliegenpilze werden als Rauschmittel genutzt. Sie verursachen wie LSD oder Meskalin starke Halluzinationen. Wenn man zu viel davon isst, ist man hinüber. Aber was ist die richtige Dosierung? Wir lassen lieber die Finger davon. Damit würden wir unserem Rudel keinen großen Gefallen tun. Wir versuchen es im nächsten Jahr wieder. Dann mit den richtigen Pilzen, die lecker schmecken und uns allen gut bekommen.

Das Mantrailing wäre sicher das richtige Metier für das Hündli. Denn dabei werden vor allem Hunde mit einem sehr guten Geruchssinn eingesetzt. Ihre Aufgabe ist es, der Spur einer bestimmten Person sicher zu folgen, ohne sie mit den Gerüchen anderer Menschen zu verwechseln.

Besonders geeignet sei dafür der Bloodhound, habe ich gelesen. Und ein Bloodhound ist im Englischen nichts anderes als ein Schweißhund im Deutschen. Der Ausdruck gefällt uns. „Bloodhound" klingt schließlich um einiges wilder und verwegener als das schnöde „Schweißhund". Xena ist davon sogar sehr angetan, hält sie sich doch für einen gefährlichen Räuber. Da klingt Bluthund schon richtig gut.

Vielfalt

Luna, Kira, Bella, Emma, Pauline, Max, Lucky, Balu, Buddy, Bruno: Das waren 2019 in Deutschland die zehn beliebtesten Hundenamen. Auch einige von Xenas tierischen Freunden heißen so. Aber auch Winni, Pauline, Amra und Timba sowie viele andere zählen zu ihrem Bekanntenkreis. Bei der Namensfindung für ihre Lieblinge kennt die Fantasie der Hundefreunde keine Grenzen. Die Vielfalt der Hundewelt ist riesig. Es soll weltweit fast 500 Hunderassen geben.

Die Größenunterschiede sind enorm. Der größte Hund der Welt ist eine Deutsche Dogge und lebt in den USA. Sie hat eine Schulterhöhe von 1,09 Metern und wiegt 111 Kilogramm. Der kleinste Hund der Welt ist ein Chihuahua. Er ist nur gut zehn Zentimeter groß.

Würde man diese Größenverhältnisse auf den Menschen übertragen, so wäre das kleinste menschliche Exemplar etwa 65 Zentimeter groß sein, das größte etwa zehn Meter, behaupten die Forscher. Trotzdem erkennt ein Hund auf den ersten Blick, dass es sich bei dem Gegenüber um einen Artgenossen handelt.

Der kluge Hund

Wer denkt, der Hund sei dumm, ist selber dumm. Hunde sind schlau - auf ihre Weise. Es ist töricht, menschliche Maßstäbe bei der Beurteilung der Klugheit von Hunden anzulegen. Ein Hund ist ungefähr so intelligent wie ein zweijähriges Kind. Das sagen die Forscher.

Hunde können tatsächlich Vokabeln lernen. Bis zu 250 Wörtern können sie laut Studien verstehen und deuten. So weit ist unsere Xeni noch nicht. Sie schafft höchsten die

Hälfte. Aber wir sind auch hier auf dem besten Wege. Die Wörtchen „Leckerli" und „Futter" versteht sie schon hervorragend.

Es gibt kluge Hunde und dumme Hunde. Warum sollte es bei den Fellnasen anders sein als bei den Menschen? Der Border Collie und der Pudel sollen die intelligentesten Hunde sein. Der dümmste ist angeblich der Afghanische Windhund. Sein Gehirn ist winzig. Das behaupten wiederum die Hundeforscher. Ich muss es glauben.

Hunde und Verstand – zwei Welten treffen hier aufeinander, will man meinen. Aber trifft diese Einschätzung wirklich ins Schwarze? Vorsicht: Es ist der Mensch, der hier die Maßstäbe setzt. Ist ein Hund, der die Kommandos seines Herrchens verweigert, wirklich

Ein gutes Team: Der kleine Carli und Xena teilen sich im Wohnzimmer eine Decke.

dumm? Oder ist er besonders klug, weil er sich nichts befehlen lässt und seinen eigenen Kopf durchsetzt?

Wie dem auch sei - in Wirklichkeit sind Hunde zu erstaunlichen kognitiven Leistungen fähig. Sie sind Meister der sozialen Intelligenz. Sie beobachten uns Menschen sehr genau und können unsere Gestik, Mimik und Gefühle deuten. Ein Vierbeiner weiß immer, wenn sein Herrchen traurig, glücklich oder verängstigt ist.

Komplizierte Regeln

Ich will nicht behaupten, dass unsere Xeni ein Superbrain unter den Hunden ist. Aber ich muss häufig staunen, wie souverän sie komplizierte Situationen meistert und zu welchen Gedächtnisleistungen sie in der Lage ist, wenn es denn sein muss. Denn manchmal ist Xena ein richtiger Sturkopf. Sie tut dann, als würde sie nichts verstehen.

Nur ein Beispiel: Ein hochkomplexes Thema ist das von Angie erlassene Wohnzimmerbetretungsverbot. Mit diesem Erlass soll die Einrichtung des Wohnzimmers vor Schäden geschützt werden, so der empfindliche Parkettboden aus massivem Holz, die Ledersitzgarnitur und der rote langhaarige Wollteppich, auf dem Xeni, wenn sie denn darf, so gerne liegt. Das Wohnzimmerbetretungsverbot besteht mittlerweile aus so vielen Regeln, aber auch Ausnahmen, dass selbst ich manchmal Schwierigkeiten habe, alle Details zu verstehen.

Also: Xena darf das Wohnzimmer nicht betreten. Es sei denn, wir haben einen hohen Feiertag wie Weihnachten oder Ostern, an dem sich die Familie gerade hier versammelt. Dann darf der Hund natürlich dabei sein, denn schließlich soll er kein soziales Trauma erleiden.

Und auch, wenn sich bei uns bestimmter Besuch einstellt, so auch Freunde von außerhalb, dann wird das Betretungsverbot temporär aufgehoben. All das hat der Hund offenbar verstanden und akzeptiert. Xena richtet sich streng danach.

In Zeiten der Geltungsdauer wagt sie es nicht, nur eine einzige Pfote in das Wohnzimmer zu setzen. Die Demarkationslinie ist die Schiebetür zwischen Küche und Wohnzimmer, auch wenn diese geöffnet ist.

Hinzu kommt: Unser Hund darf nur die Tür in der Küche passieren, um in den Garten zu gelangen. Die Terrassentür zum Wohnzimmer ist für ihn tabu – ohne Ausnahmen.

Ruhepäuschen: Wenn das Wohnzimmerbetretungsverbot außer Kraft ist, macht es sich Xeni auf dem Parkett gemütlich.

Damit ich nicht als schlechtes Beispiel diene, wird von mir erwartet, dass auch ich ausschließlich die Küchentür benutze, wenn der Hund anwesend ist.

Seit Enkel Carli da ist, ist alles noch verworrener geworden. Wenn der Kleine bei uns ist, und das ist häufig der Fall, hält sich die Familie in der Regel im Wohnzimmer auf. Auf dem roten Teppich wird dann eine Decke ausgebreitet, auf die Carli gelegt wird.

Dort kann er von allen Seiten gekitzelt, angelächelt, bewundert und sonstwie betüdelt werden. Das Wohnzimmerbetretungsverbot wird für Xena für die Dauer dieser Prozedur außer Kraft gesetzt. Das Hündli hat das sofort kapiert. Es legt sich neben Carli, versucht sein Gesicht abzulecken und tut ansonsten so, als wäre er ihr schönster Welpe.

Was die Stunde geschlagen hat

„Wie spät ist es?" Diese Frage dürfen sie einem Hund nicht stellen. Er kann die Uhr nicht lesen. Das ist klar. Und doch wissen die Fellnasen ziemlich genau, was die Stunde geschlagen hat. Sie haben eine innere Uhr.

Auch bei Xeni funktioniert diese hervorragend, vor allem dann, wenn es um Futter geht. Die Ausgangslage: Es ist kurz vor halb zwölf. Zu früh für die Fütterung der wilden Tiere, wofür sich Xeni hält. Ihr knurrt aber schon der Magen, wie immer. Der Hund kommt angeschlichen, guckt einen mit seinem treuen Blick an und bettelt: „Gib mir bitte ein Leckerli."

„Es ist zu früh. Deinen Mittagstisch gibt's erst um halb zwei", sage ich dann.

Der Begriff „Mittagstisch" hat sich bei uns eingebürgert. Er bedeutet nichts anderes, als dass ich eine Handvoll Trockenfutter und einige Streifen Filet von Huhn oder Ente in Xenas Futternapf lege. Manchmal kommt auch etwas Wasser dazu, damit der Hund die Flüssigkeit bekommt, die er braucht. Das Trinken vergisst er nämlich manchmal. Wir wollen nicht, dass er Brackwasser aus Pfützen oder das mit Mikroben vergiftete Emswasser trinkt. Oft können wir es aber nicht verhindern.

Es ist erstaunlich: Punkt halb zwei steht Xena wieder auf der Matte. Sie fordert den versprochenen Mittagstisch. Reagiert man nicht unverzüglich, wird sie pampig. Sie jault herzergreifend, zieht am Hosenbein, stupst einen mit der Nase oder trommelt mit den Pfoten auf dem Boden. So lange, bis sie ihr Recht bekommt.

Anderes Beispiel: Fast täglich hole ich den Hund von der Wohnung in Wiedenbrücks Innenstadt ab. Lea und Hubi wohnen im zweiten Stock. Lea kündigt mein Kommen etwa mit den Worten „Xena, Papa kommt um elf Uhr" an. Man kann sich darauf verlassen, dass unser Hündli just um diese Zeit auf dem Balkon steht und Ausschau nach mir hält. Von dort hat es eine gute Aussicht auf die Straße. Wenn Xena mich dann erblickt, bellt sie freudig und rennt zur Wohnungstür. Wird diese nicht sofort geöffnet, dann veranstaltet der Hund ein Mordspektakel. Er bellt aus vollem Hals und kratzt an der Tür. Denn Xeni will mich auf der Flurtreppe empfangen. Der kluge Hund weiß, dass auf ihn zur Begrüßung etwas ganz Leckeres erwartet.

Das ist schon eine tolle Leistung, werden Sie vielleicht sagen. Finde ich auch, obwohl mich manchmal Zweifel plagen. Denn: Der Mensch ist ein Gewohnheitstier. Der Hund auch. Unser Tagesablauf ähnelt sich, egal, ob es

Montag, Mittwoch oder ein Wochenende ist. Den Mittagstisch gibt es fast jeden Tag um halb zwei, auf die Pirsch gehen wir gegen elf. Das hat auch der Hund mittlerweile verinnerlicht. Die exakte Uhrzeit ist ihm schnuppe. Also doch kein Wunderhund.

Verstöße gegen die Regeln

Wie bestraft man einen Hund, wenn er einmal Quatsch gemacht hat? Absolut verboten sind das Ausbüxen in freier Wildbahn und das Klauen von Lebensmitteln vom Tisch oder aus verschlossenen Schränken.

Körperliche Züchtigung ist natürlich tabu. Ich versuche es meistens im Guten. Ich nehme den Kopf des Hundes in beide Hände, halte ihn an den Ohren fest und blicke aus nächster Nähe in seine Augen. Das mögen Hunde ganz und gar nicht. „Xeni, das sollst du doch nicht, du Lump", sage ich dann mit ernster Stimme. Der Hund versucht, den Kopf abzuwenden und hofft, dass das Prozedere möglichst schnell vorbeigehen möge. Meine Predigt hat er da längst vergessen.

Ganz unangenehm wird es für meinen kleinen Freund, wenn er Angie in die Quere kommt. Das passiert immer dann, wenn Xena gegen die aus vielen Verboten, Regeln und Vorschriften bestehende Haus- und Gartenordnung verstößt.

Schlimmste Vergehen sind das Buddeln tiefer Löcher in den Beeten, hässliche Tatzen auf dem Parkett und das heftige Schütteln nach einem Regenguss, bei dem sich die Tropfen wie eine Fontäne auf den weißen Wänden verteilen.

Wenn Xeni dann auch noch ihr nasses und mit Dreck getränktes Fell genussvoll an den Möbeln und Wänden abstreift, bevor wir es schaffen, ihr ihren schicken Mantel anzuziehen, dann gerät die Hausherrin vollends in Rage.

Sie tituliert dann den armen Hund „du blöder Köter" oder mit noch schlimmeren Kraftausdrücken. Das kann auch passieren, wenn Xeni beim Trinken die halbe Küche unter Wasser setzt oder mit ihrer nassen Schnauze hässliche Abdrücke auf den frisch geputzten Fensterscheiben hinterlässt. Und das Verteilen der braunen Erdklumpen, die beim Buddeln in Mauselöchern an den Pfoten kleben bleiben, steht ganz oben auf der Roten Verbotsliste.

All das bringt Angie mächtig auf die Palme; doch schon kurz nach ihrem Wutausbruch versichert die Hausherrin glaubhaft, dass alles nicht so gemeint gewesen ist und überhaupt Xena ein netter und lieber Hund sei, was ich nur bestätigen kann.

Einen Streuner gerettet

Im Internet kursiert ein Video, das einen Beagle zeigt, der eine knifflige Intelligenzaufgabe löst. Der kluge Hund ist alleine zu Hause. In der Küche springt er zunächst auf einen Stuhl und inspiziert von dort aus zunächst, ob sich etwas Brauchbares auf der Ablage befindet.

Sein Interesse wird geweckt. Auf der Ablage liegt etwas Leckeres. Der Beagle schiebt daraufhin gezielt einen Stuhl in eine geeignete Position, so dass er bequem an die Beute gelangen kann.

Eine erstaunliche Leistung, finde ich. So etwas haben wir bei unserem Hündli noch nicht beobachtet. Doch wenn es um Futter geht, ist auch Xeni ein gelehriger Hund. Sie kann Türen öffnen und Schränke knacken, um an die begehrten Leckerchen zu kommen. Das scheint im Hundereich nichts Außergewöhnliches zu sein. Das haben wir erst kürzlich erfahren.

Streuner: Der Husky war von Zuhause ausgerissen.

„Wo ist das Herrchen?", fragt Lea bei einem Spaziergang. Kurz hinter der Emsbrücke entdecken wir einen Hund, der offenbar orientierungslos durch die Gegend streunt. Kein Mensch in Sicht. Wir warten ein Weilchen, ob doch noch jemand um die Ecke kommt. Vergeblich.

Gut, dass wir wissen, wo wir kompetente Ansprechpartner finden. Ein Anruf bei dem Tierschutzverein „Four Seasons" bringt Klarheit. Der Streuner ist ein Husky, der von zu Hause ausgebüxt ist. Das schöne Tier wird schon von seinen Besitzern überall gesucht.

Sie haben den Verlust bei „Four Seasons" gemeldet. Das war eine gute Idee. Dort laufen die meisten Fund- und Suchmeldungen zusammen. Ein Telefonanruf reicht, und schon kommt das glückliche Herrchen um die Ecke angerannt.

Wir erfahren, dass der Husky ein ausgemusterter Schlittenhund ist, der die Freiheit über alles liebt. Er heißt Baileys. Er nutzt jede Gelegenheit, die Welt auf eigene Faust zu erkunden. Wie Xeni hat er gelernt, dass ein gezielter Sprung auf die Türklinke den Weg nach draußen öffnet. Auf und davon.

Gutes Werk

Früher konnte ich Berge von Fleisch verdrücken. Das war bei uns Familientradition. Und ein Zeichen des Wohlstands nach dem schrecklichen Krieg mit Hunger und großen Entbehrungen. Heute kommen bei uns Schnitzel, Steak, Roulade oder Braten nur noch selten auf den Tisch. Eigentlich nie. Und das nicht erst seit dem Tag X.

Es waren keine ethischen oder gesundheitlichen Gründe, die uns zu Fast-Vegetariern machten. Fleisch schmeckte mir nicht mehr so gut wie früher. Dazu kam ein prägendes Erlebnis. Bei einem Restaurantbesuch mit Freunden bestellte ich mir ein Steak XL. Ich war wohl zu gierig und verschluckte mich an einem dicken Bissen. Es ging nicht vor und nicht zurück. Erst nach langem Würgen auf der Toilette kam der Brocken wieder zum Vorschein; ich wäre fast erstickt. Später hörte ich, dass so etwas durchaus häufiger passiert. Das Einzige, was dann hilft, ist ein schneller Luftröhrenschnitt. Eine komische Vorstellung.

Für eine krosse Bratwurst lasse ich das schönste Stück Fleisch stehen, ja sogar einen Gemüsespieß. Für diesen scheinbaren Widerspruch wurde ein wunderbares Wort erfunden: „Flexitarier". Das klingt viel besser als etwa „Wurstfresser". Die Wurzel „flexibel" steckt darin, und die ist positiv besetzt. Aber das nur am Rande.

Seit dem Tag X, dem Tag, an dem Xeni zu uns kam, hat sich meine Einstellung zum Tier insgesamt verändert. Es ist für mich kaum erträglich, dass unsere Nutztiere unter erbärmlichen Verhältnissen leiden müssen und zu Tausenden getötet werden, damit sich die Theken mit billigem Fleisch füllen.

Neulich las ich, dass Schweine ausgesprochen intelligente Tiere sind. Sie sollen in Sachen Intelligenz an vierter Stelle im Tierreich rangieren. Gleich nach Menschenaffen, Delfinen und Elefanten, aber noch vor Hunden oder Katzen. Und doch sind es gerade Schweine, die an oberster Stelle auf dem Speiseplan des Menschen stehen. Eine grausige Vorstellung, dass diese schlauen Tiere nur deshalb sterben müssen, damit sich der Mensch ein Schnitzel in die Pfanne hauen kann.

Auch das Kleingetier ist vor mir relativ sicher. Zu meinen Aufgaben gehört das wöchentliche Staubsaugen im ganzen Haus. Es gab Zeiten, da habe ich die kleinen Spinnen, die sich vor allem im Keller gerne aufhalten, ohne Bedenken gekillt.

Zwar wusste ich schon damals, dass die achtbeinigen Krabbeltiere nützlich sind, denn sie fressen Kellerasseln, kleine Fliegen und andere lästige Insekten. Heute mache ich mit meinem Sauger einen Bogen um Spinnen. Leben und leben lassen, denke ich dann, sehr zum Unmut von Angie.

Es ist gar nicht so lange her, da hielt ich die radikalen Tierschützer für Spinner. Wie kann man Hunde aus anderen Ländern importieren, wo doch die Tierheime hierzulande voll sind von herrenlosen Tieren?

Die Zeiten ändern sich. Wenn heute ein Hundehalter über seinen tierischen Begleiter ins Schwärmen gerät und ihn für seine Treue und Gelehrigkeit lobt, frage ich manchmal, wo er denn seinen Hund herhabe. Es kommt oft die Antwort: vom Tierschutz.

Ich schaue mir dann den Hund näher an. Es sind in der Regel Promenadenmischungen, die herrenlos irgendwo auf den Straßen Südeuropas ein tristes Leben fristeten und von den Tierschützern aufgelesen wurden. Viele von ihnen sind noch ein bisschen verängstigt, menschenscheu und problematisch im Umgang mit Artgenossen. Aber sie haben eine neue Chance, eine lebenswerte Zukunft, erhalten. Dafür haben die vielen Tierschutzorganisationen und Tierheime gesorgt, in denen engagierte Helfer ihre Freizeit und Geld opfern, um den armen Kreaturen zu helfen. Dafür gebührt ihnen ein großer Dank.

Die Grundlagen dafür, dass Hunde und andere Haustiere ein gutes und artgerechtes Leben führen können, muss die Politik schaffen. Die Ansätze sind vielversprechend. Dazu gehört auch der kürzliche Vorstoß von Bundeslandwirtschaftsministerin Julia Klöckner. „Haustiere sind keine Kuscheltiere - ihre Bedürfnisse müssen berücksichtigt werden. Es gilt, eine artgerechte Haltung von Hunden sicherzustellen. Etwa, dass sie genug Bewegung bekommen und nicht zu lang alleingelassen werden", sagt die CDU-Frau Klöckner. Sie will die Tierschutzhunde-Verordnung grundlegend ändern: Ihr Entwurf sieht mehr Auslauf und Betreuung für Hunde, ein Verbot von Qualzuchten und neue Regeln für Züchter vor. Deshalb sollen Hundehalter unter anderem dazu verpflichtet werden, ihrem Tier mindestens zweimal täglich für insgesamt mindestens eine Stunde Auslauf im Freien außerhalb eines Zwingers zu geben.

„Tiere sind nicht dazu da, den fragwürdigen ästhetischen Wünschen ihrer Halter zu entsprechen. Sie sind keine Maskottchen. Wenn Züchtungen jedes artgerechte Verhalten verhindern, ist das Tierquälerei“, begründet Klöckner ihre Initiative zum Verbot der Qualzuchten.

In Indien ist die religiöse Gemeinschaft der Shvetambaras zu Hause. Die Anhänger leben prinzipiell nach dem Gebot der Gewaltlosigkeit und des Respekts gegenüber allen Lebewesen. Um nicht versehentlich ein Insekt zu töten, tragen sie häufig einen weißen Mundschutz oder fegen den Boden, bevor sie darauf treten. So weit bin ich noch nicht. Ich töte keine Tiere ohne Not. Aber es gibt zwei Ausnahmen: die Zecke und die Stechmücke.

Die Zecke soll das gefährlichste Tier Deutschlands sein. Der Parasit überträgt gefährliche Krankheiten. Für das

Haustier ist die Zecke eine richtige Plage. Vor allem Hunde leiden unter dem Blutsauger. Zu bestimmten Jahreszeiten müssen wir regelmäßig zur Pinzette greifen, um Xena von den lästigen Plagegeistern zu befreien.

Alarmiert haben mich Berichte über die tropische Riesenzecke, die sich auch bei uns bereits angesiedelt haben soll. Sie ist bis zu fünfmal so groß wie der heimische Gemeine Holzbock. Und sie soll sogar ihre potenziellen Opfer über längere Distanzen verfolgen. Ich kann mir es zwar nicht vorstellen, wie eine Riesenzecke hinter unserer Xeni läuft, aber schon der Gedanke ist gruselig, aber irgendwie auch komisch.

Auch bei der Stechmücke kenne ich keine Gnade. Sie mag ihre Funktion im Ökosystem haben, weil sie anderen

Zwischen Schneeglöckchen: Xena freut sich über jeden Ausflug ins Grüne. Doch Vorsicht: Überall Gefahren, so die blutsaugenden Zecken.

Tieren als Futter dient, doch das ist mir egal. Wenn nachts einer dieser Plagegeister summend um meinen Kopf schwirrt, gibt es nur eins. Licht an und suchen. Ich gebe nicht auf.

Dann macht es klatsch.

Der vergessene Hund

„Bei einem Tankstopp hat ein Familienvater aus Nordhessen seine Kinder (fünf und sieben Jahre alt) auf dem Weg nach Italien an einer Raststätte vergessen. Dass seine beiden Töchter nicht mehr auf am Brenner der Rückbank saßen, hatte der 47-Jährige auch in 150 Kilometer Entfernung noch nicht bemerkt. Daraufhin wandten sich die Mädchen an die Autobahnpolizei. Doch in der näheren Umgebung fehlte jede Spur von dem Vater. So begann eine nervenaufreibende Suche nach dem Mann. Mit Erfolg: Nach zwei Stunden konnte der verwirrte Vater seine Kinder wieder in die Arme schließen."

So etwas steht regelmäßig in der Zeitung. Man schüttelt ungläubig den Kopf über so viel Dummheit.

„Das gibt's doch gar nicht. Wenn er wenigstens seine Frau vergessen hätte. Das würde ich schon eher verstehen", brumme ich leise bei der Lektüre knappen Zeitungsmeldung vor mich hin. Denn schließlich soll Angie nichts von meinem Kommentar mitbekommen. Das gäbe nur unnötigen Ärger. Von wegen Machogerede und so.

Es kommt noch schlimmer. In der gleichen Ausgabe steht auf der Seite Vermischtes, dass gerade in der Ferienzeit in Deutschland rund 70.000 Tiere ausgesetzt werden, vor allem Hunde und Katzen. Wenn zwischen Kindern und

Koffern kein Platz mehr im Auto ist, wissen viele Tierhalter nicht, wohin mit ihrem Haustier. Die Familienlieblinge werden kurzerhand an Mülltonnen gebunden, an Raststätten ausgesetzt oder vor dem Tierheim abgestellt. „Wie kann man nur so herzlos sein", geht mir dann durch den Kopf.

Es gibt aber auch merkwürdige Geschehnisse, die es in keine Gazette schaffen. Dabei böten sie einen durchaus interessanten und lehrreichen Lesestoff. Die Schlagzeile könnte lauten „Der vergessene Chihuahua ".

Das Szenario: Ein kleiner Hund bleibt mutterseelenallein auf der Straße sitzen, während seine Familie nichtsahnend mit dem Auto davonbraust. Genau das ist guten Bekannten von Lea und Hubi passiert. Aber der Reihe nach.

Beim befreundeten Ehepaar, nennen wir sie mal Sven und Pia, hat sich Nachwuchs eingestellt. Die überglücklichen Eltern leben im Norddeutschen. Sie sind glücklich über den putzmunteren Jungen, der Jan heißt und sich prächtig entwickelt.

Auch zwei Hunde gehören zur Familie: der Dackel Hermann und die winzige Chihuahua-Dame Amy. Der kleine Wirbelwind wird auch Daisy genannt. Warum auch immer. Es liegt in der Natur der Sache, dass Hermann und Amy nach dem Familienzuwachs etwas in den Hintergrund treten müssen. Es dreht sich einfach alles um den kleinen Wonneproppen. Doch bald spielt sich alles ein. Es herrscht entspannte Harmonie zwischen Hunden und Menschen.

Nach drei Monaten ist es an der Zeit, den ersten gemeinsamen Kurzurlaub anzutreten. Ziel der Reise ist Rheda-Wiedenbrück. Der Anlass hätte nicht passender sein können: Ein in der Doppelstadt lebendes befreundetes

Ehepaar hat ebenfalls ein Baby bekommen. Und wie es in unserer Gegend so der Brauch ist, wird der Nachwuchs mit einer zünftigen Pinkelparty willkommen geheißen.

Das Lager wird bei Lea und Hubi aufgeschlagen. Unsere Xeni weiß nicht so recht, was sie von den Eindringlingen in ihr Revier halten soll. Sie traut sich nicht, offen dagegen zu protestieren. Vorsichtshalber zieht sie sich in ihr Bettchen zurück und bewacht mit Argusaugen ihr Spielzeug. Man kann ja nie wissen, was der tierische Besuch aus dem hohen Norden so im Schilde führt. Xeni ist bereit, ihr Eigentum notfalls unter Einsatz ihres Lebens zu verteidigen. Dazu kommt es zum Glück nicht

Die jungen Leute feiern bis in den frühen Morgen. Die Nacht war kurz, die Nachwirkungen der großen Sause sind auch am nächsten Morgen spürbar. Kater sagt dazu der Volksmund. Hundes würden es anders nennen.

Die Abreise von Sven und Pia soll schon am frühen Vormittag stattfinden, denn in der norddeutschen Heimat warten unaufschiebbare Termine auf das junge Paar. Entsprechend hektisch geht es beim Packen und Verstauen der Siebensachen im Kofferraum zu. Ein Baby und zwei Hunde benötigen für ein langes Wochenende schließlich so einiges. Endlich können Pia und Sven aufatmen: Der Familienvan steht fix und fertig gepackt vor der Haustür. Jetzt müssen nur noch Jan und die beiden Hunde an Bord. Dann geht es endlich los. Lea und Hubi winken noch kurz, bis der Wagen um die nächste Ecke verschwindet.

Es hat doch gut geklappt, freuen sich Pia und Sven über die rechtzeitige Abreise. Kurze vor der Autobahnauffahrt blickt Pia kurz in den Fond des Wagens. Ihr stockt der Atem. Das fehlt doch was!

„Wo ist Daisy?", ruft sie aufgeregt. Sven tritt abrupt auf die Bremse. Der Hundewinzling könnte sich zwischen den vielen Gepäckstücken verstecken, so die leise Hoffnung. Doch bald kommt die Gewissheit. Der Chihuahua ist nicht da.

Einfach vergessen, in der Hektik der Abreise – das ist die bittere Wahrheit. Mit einem Anruf bei den Wiedenbrücker Freunden, kann das Schlimmste vielleicht noch verhindert werden. Lea und Hubi schwärmen aus, um den kleinen Hund einzufangen. Auch die Verwandtschaft und die Nachbarschaft sind bald in die Suchaktion involviert.

Unterdessen rast Sven mit quietschenden Reifen zurück zur Wohnung von Lea und Hubi. Vielleicht sitzt Amy genannt Daisy noch vor der Haustür und wartet auf ihre

Kleiner Wirbelwind: Der Chihuahua Any wurde bei der Abreise einfach vergessen.

Herrchen. Sven springt aus dem Auto und blickt sich um – und sieht den schwarzen Wirbelwind, der im Eiltempo in Richtung Ostring davonläuft. Sven setzt sich im Laufschritt auf die Fersen des Hündchens, doch bald geht ihm die Puste aus. Früher, ja früher, war er ein guter Sportler, doch das ist schon ein paar Jährchen her. Die gute Kondition von damals ist nicht mehr da.

Keuchend bleibt Sven nach ein paar Hundert Metern stehen und muss zusehen, wie sein Hund in der Ferne verschwindet. In seiner Not hält er mitten auf der Straße einen Volvo an.

„Unser Hund ist davongelaufen, fahren Sie bitte hinterher", bittet er den freundlichen Fahrer. Der zögert nicht und gibt Gas. Was für ein Glück: Von der Rietberger Straße können sie bereits Daisy ausmachen. Sie läuft auf dem Parkplatz des Krankenhauses umher und hat offensichtlich komplett die Orientierung verloren. Glücklich nimmt Sven sein Hündchen in die Arme.

Noch einmal gutgegangen, kommt ihm in den Sinn. Es hätte auch böse enden können. Denn schließlich hatte Amy auf ihrem Ausflug zwei stark befahrene Straßen überquert. Wie leicht hätte sie dabei unter die Räder kommen können! Gut, dass an diesem Sonntagvormittag nur wenige Autos in der Stadt unterwegs waren.

Wenn der Hund krank wird

Xena als Patient? Für uns kaum vorstellbar! Strotzte doch unser Hündli bislang nur so vor Kraft und Energie. Es passierte dennoch.

Xenia Siechtum beginnt schleichend, so schleichend, dass wir uns anfangs keine Gedanken machen. Ja, wir freuen uns sogar, weil wir glauben, dass der einst wilde Räuber dank unserer Erziehung zum braven Hündchen mutiert.

„Endlich wird Xena vernünftig", kommentiert Lea die Veränderungen. Die von uns so gefürchteten Ausbrüche in die Botanik werden von Tag zu Tag weniger. Schießt ein Hase direkt vor unserer Nase aus dem Graben, blickt unser Hündli nur müde hinterher. Und auch ein aus dem Gebüsch lautstark emporflatternder Fasan weckt kaum sein Interesse.

Doch bald werden uns Xenis Unlust und Trägheit unheimlich. Als sie nur noch müde und schlapp auf ihrer Matte liegt und so gar keine Lust zeigt, dem Ball im Garten nachzujagen oder zu einem Spaziergang aufzubrechen, schrillen bei uns die Alarmglocken.

„Ich denke, Xena ist krank", sagt Lea eines Tages, als wir bei einer Runde durch das Stadtholz unseren Hund fast hinter uns herziehen müssen.

Ja, so muss es sein, geht uns ein Licht auf. Wir sind überfordert mit der Situation und brauchen professionellen Beistand, und das so schnell wie möglich.

Zum Glück hat der erfahrene Langenberger Tierarzt Dr. Ulrich Beerhues stets ein offenes Ohr für die Sorgen besorgter Tierhalter. Ein Termin in den nächsten Tagen wird vereinbart. Mit gemischten Gefühlen kutschieren wir Xena zur Tierarztpraxis am alten Bahnhof.

Unserem Hund schwant Böses. Er blickt voller Angst und zittert am ganzen Körper, als er ins Behandlungszimmer geführt wird. Trotzdem erweist sich Xeni als ein geduldiger Patient. Der Veterinär untersucht sie gründlich, kann aber keine Auffälligkeiten feststellen.

„Vielleicht bringt uns ein Bluttest weiter", sagt er. Eine gute Idee, finden wir. Der Tierarzt schreitet zur Tat. Zu

Dritt halten wir den Hund fest, während Dr. Beerhues eine Nadel in eine Vene in der Vorderpfote einführt; es werden mehrere Röhrchen Blut abgefüllt. Das Prozedere dauert nur ein paar Minuten. Xeni hält sich tapfer. Sie zittert und ist von Schweiß durchnässt, als das Werk vollbracht ist. Sie wagt es aber nicht, sich gegen die schmerzhafte Untersuchung zu wehren.

Zur Belohnung gibt es ein extra großes Leckerli, denn schließlich musste sie mit leerem Magen in der Praxis erscheinen. „Rufen sie in drei Tagen an, dann dürften die Ergebnisse das sein", gibt uns der Arzt mit auf den Nachhauseweg.

Der Anruf bringt die Gewissheit: Xena ist krank, sogar ziemlich schwer krank Ihre Blutwerte sind bedenklich. Vor allem das Schilddrüsenprofil macht dem Veterinär Sorgen. „Solche schlechten Werte habe ich in meiner langen Praxis selten gesehen", murmelt er mit Blick auf den Laborbefund. Aber auch die Parameter für Natrium, Calcium und Glukose sind weit von der Norm entfernt. Kein Wunder, dass der Hund so lust- und antriebslos war. Der Doc verschreibt Xena mehrere Medikamente, eines davon wird auch Pferden verabreicht. Die Medizin schmeckt bitter und soll deshalb dem Hund unters Futter gemischt werden. Wir befolgen die Anweisungen des Veterinärs.

Und siehe da: Es geht aufwärts. Unser Hündli wird von Tag zu Tag agiler und unternehmungslustiger. Bald ist Xeni fast ganz die Alte. Sie strolcht voller Elan durch den Wald und hält uns kräftig auf Trab. Wir freuen uns über die schnelle Genesung, müssen indes eines in Kauf nehmen. Xena hat ihren alten Jagdinstinkt wiedergefunden. Wir müssen wieder höllisch aufpassen, dass unser Hund nicht ohne Vorwarnung im Gebüsch verschwindet und erst nach bangen Minuten wiederauftaucht, als sei nichts geschehen.

Eine neue Laboranalyse wenige Wochen später ist der Beweis. Alle Blutwerte befinden sich im normalen Bereich. Doch der Tierdoc gibt uns eines mit auf den Weg mit: Wir sollen in Zukunft auf eine gesunde und ausgewogene Ernährung unseres Hundes Acht geben. Die Leckerchen-Orgien, die bis dato aus Erziehungsgründen an der Tagesordnung waren, müssten ein Ende finden, wollen wir noch viele Jahre einen gesunden und zufriedenen Hund an unserer Seite behalten. Wir haben es versprochen – und uns daran gehalten. Auch wenn es, vor allem mir, manchmal schwerfällt.

Xena wird kastriert

Jetzt, wo unser Hündli wieder fit ist, wird das nächste tiermedizinische Projekt in Angriff genommen: Xena soll kastriert werden. Die Entscheidung für diesen Radikaleingriff fällt uns nicht leicht, denn die operative Entfernung von Eierstöcken, Eileiter und Gebärmutter ist nicht frei von Risiken.

Wir wälzen die Fachliteratur und wägen immer wieder die Vor- und Nachteile ab. Uns wird klar, dass die Frage, ob man eine Kastration bei der eigenen Hündin vornehmen lassen sollte, eine der schwierigsten Entscheidungen ist, vor die Hundehalter gestellt werden. Der gefühlt ewige Kreislauf aus Läufigkeit und Scheinträchtigkeit, die uns in kurzen Abständen auf Trab hält und auch ziemlich nervt, gibt am Ende den Ausschlag. Hubi und Lea entscheiden, dass Xeni kastriert werden soll.

Die zum Teil heftigen Blutungen während der Läufigkeit sind eine echte Belastung für Mensch und Tier. Sicher, in diesen kritischen Zeiten wird Xena zum Tragen von Schutzhosen verdonnert. Bevor der Hund die Wohnräume betreten darf, muss er eines seiner schicken Höschen mit Binde anziehen.

Soweit die Theorie: Doch in der Hektik des Alltags geht so manches schief. So stürmt der Hund regelmäßig ohne seine Hose ins Haus und besudelt dann mit Blut den schönen Teppich oder gar die empfindliche Sitzgarnitur, was Angie mit einem Schreikrampf quittiert. Oder das Hündli wird gedankenlos in den Garten gelassen, um dort sein Geschäft verrichten zu können; das geht dann buchstäblich in die Hose.

Xeni ist, wie gesagt, eine attraktive Hündin. Das hat sich bereits in der Hundewelt herumgesprochen. So scharen sich während der Läufigkeit ganze Horden paarungswilliger Rüden um unsere Kleine. Es kostet viel Geduld und Kraft, die aufdringlichen Tiere auf Distanz zu halten.

Es kommt mehrfach vor, dass mitten im Wald plötzlich ein wildfremder Hund vor uns steht und voller Begehren unsere Xena umrundet. Wie sich später herausstellt, hat das liebestolle Hündchen bereits in weiter Entfernung die Witterung aufgenommen und quer durch den Wald den Kurs zu seiner Angebeteten eingeschlagen.

Der Spaziergang ohne Leine ist kaum mehr möglich wegen der Gefahr, dass Xeni stiften geht und in einem unbeobachteten Moment geschwängert wird. Und schließlich hat niemand von uns die Lust und die Zeit, Welpen von einem unbekannten Hundeverehrer aufzuziehen. Auch deshalb erscheint uns die Kastration als eine sinnvolle Lösung.

Hinzu kommt die Scheinschwangerschaft – eine Belastung für uns, aber auch für den Hund. Der Milchfluss aus den geschwollenen Zitzen sorgt immer wieder für Aufregung. Vor allem bei Angie. Die Hausherrin erlässt für alle sensiblen Hausbereiche ein strenges Sonderbetretungsverbot, was für uns nachvollziehbar ist. Denn die laktierende Xena hinterlässt hässliche Spuren überall dort, wo sie sich niederlässt.

Unangenehmer Begleiter der Scheinschwangerschaft sind gravierende Verhaltensveränderungen. Der Hormonhaushalt spielt verrückt, Xeni lebt in einem Gefühlschaos. Die arme Hündin entwickelt starke Muttergefühle. Ihr Tag ist damit ausgefüllt, Nester zu bauen, in denen sie ihr Spielzeug oder Knochen als Ersatzwelpen deponiert und mit Argusaugen darüber wacht, dass niemand dem Nachwuchs zu nah kommt.

Den endgültigen Ausschlag pro Kastration gibt dann schließlich der Tierdoc. „Ich würde es machen. Es ist besser für ihren Hund und für sie", sagt Dr. Beerhues. Es ist eine schwere Entscheidung. Denn der Eingriff birgt auch Gefahren für den tierischen Patienten.

Die Wahrscheinlichkeit, dass bei der Narkose oder der OP selbst Risiken auftreten, ist zwar gering, aber nicht ganz von der Hand zu weisen. Uns beruhigt einigermaßen, dass ein erfahrener Tiermediziner den Eingriff vornehmen wird. Wir werden von ihm über die Langzeitfolgen belehrt. Der Eingriff bedeute einen irreversiblen Ausschluss von der Zucht. Es bestehe das Risiko der Gewichtszunahme, auch eine leichte Zunahme bestimmter Erkrankungen sei denkbar.

Auf der anderen Seite: Der kleine Schnitt am Bauch kann Xeni vor schweren Leiden bewahren. Die einer Kastration werden Eierstocktumoren und eine Gebärmuttervereiterung verhindert.

Der OP-Termin rückt näher. „Das wird ein ganz schlimmer Tag für mich", verkündet Lea. Nicht nur für sie. Die ganze Familie bangt mit. Am frühen Morgen kutschiert Hubi unser Hündli mit nach Langenberg.

Das Beerhues-Team nimmt den Hund in Empfang, dann muss sich das Herrchen verabschieden. Der Eingriff selbst ist für den Tierarzt tägliche Routine. Nach einer halben

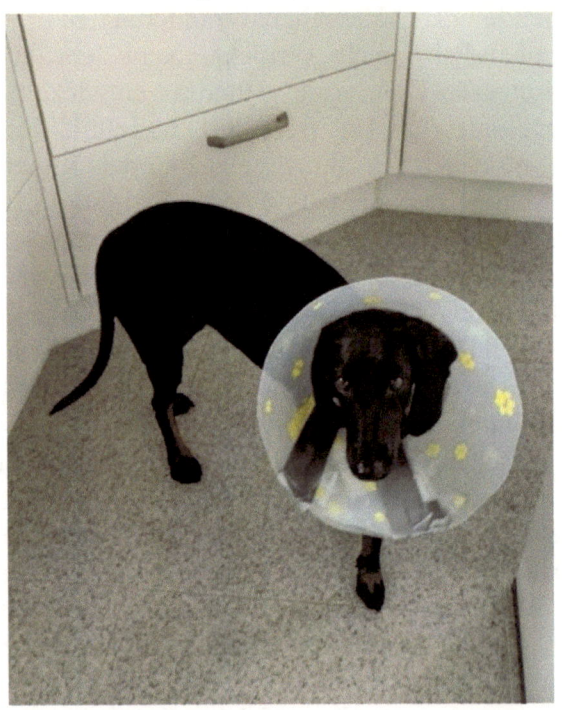

Schwere Zeit: Nach der Kastration musste Xena einige Tage einen engen Plastiktrichter tragen.

Stunde ist es überstanden. Es ist alles gut gelaufen, wie wir wenig später am Telefon erfahren. Bis zum Abend muss Xena in der Obhut der Praxis bleiben, dann darf sie endlich wieder nach Hause.

Der Blick ist noch ein wenig trüb und der Gang wacklig. Um den Hals des Hundes ist ein Trichter aus Kunststoff befestigt. Er soll verhindern, dass sich der Patient seine Wunde ableckt oder aufbeißt. Mit ihrer Halskrause stößt Xeni überall an; an den Türen, am Tisch und an den Wänden. Draußen gelingt es ihr kaum, ihre Notdurft zu verrichten. Ein Bild des Jammers, das uns alle bewegt.

Eine von Leas Freundinnen, deren Hund sich ebenfalls der OP unterziehen musste, malt ein düsteres Bild. „Es dauert mindestens sechs Wochen, bis alles wieder in Ordnung ist." Das macht uns Angst. Die ist aber unbegründet. Schon am nächsten Tag hat Xeni wieder den Schalk im Nacken, sie hüpft und springt so wild durch die Gegend, dass man sie bremsen muss.

Schon nach drei Tagen ist alles fast vergessen. Xeni hat den Eingriff bestens überstanden, was auch der Kontrollbesuch in der Tierarztpraxis bestätigt. Die Operationswunde ist bereits gut verheilt, der Hund hat kein Schmerzen oder sonstige Einschränkungen. Worauf müssen wir jetzt achten?, fragen wir. Der Doc zieht die Fäden und gibt Entwarnung: „Es ist alles in bester Ordnung. Xena braucht jetzt viel Bewegung und gesundes Futter." Dafür sorgen wir.

Wenn eine Fee erscheint

Wenn mir eines Tages eine gute Fee erscheint und sagt: „Du hast einen Wunsch frei. Du kannst sicher sein, ich werde ihn dir erfüllen. Aber du hast nur diesen einen. Also überlege gut, was für dich das Wichtigste, das Erstrebenswerteste im Leben ist."

Ich grübele. Die Antwort fällt mir nicht leicht. Was wünscht sich ein alternder Mann, der plötzlich vor diese schwere Wahl gestellt wird? Will ich die ewige Jugend? Eine eiserne Gesundheit? Wünsche ich mir gar schnelle Autos, alte Weine oder junge Frauen?

Der beste Freund: Mensch und Hund bilden ein gutes Team.

Ich verwerfe diese Gedanken. Wie absurd. Und überhaupt: Auch wenn ich die Fee überreden könnte, mir alle diese Wünsche zu erfüllen, es wäre keine gute Wahl. Ein schnelles Auto brauche ich ganz und gar nicht, denn ich fahre nur, wenn es unbedingt sein muss, und dazu noch ziemlich schlecht. Zudem lassen meine Reaktion nach. Wein trinke ich gerne, doch im Übermaß ist er nicht gut für meine Gesundheit. Und junge Frauen? Ach, ich winke ab.

Dann wird es mir plötzlich klar: „Ich wünschte, ich wäre ein Hund", sage ich.

Die Fee schaut mich nachdenklich an: „Ich habe es dir versprochen, ich erfülle dir jeden Wunsch, auch diesen. Du kannst ein Hund werden. Aber bedenke, ein Hund ist nur ein Tier, eine rechtlose Kreatur. Viele Hunde leben auf der Straße, sie werden geschlagen und getreten. Sie müssen hungern und frieren. Und ich kann dir nicht garantieren, dass du in gute Hände kommst und gut behandelt wirst. Die meisten Menschen streben nach Glück und Gesundheit, Reichtum und Macht. Du könntest ein König oder gar ein Kaiser werden, ein gefeierter Künstler oder ein genialer Denker. Aber ein Hund? Erkläre mir bitte, warum du dich so und nicht anders entschieden hast."

Ich entgegne: „Geld macht nicht glücklich, Macht verdirbt den Charakter und zu viel Wissen macht das Gehirn mürbe. Ein Hund braucht all das nicht. Es wäre natürlich schön, wenn ich ein gesunder und starker Hund werden könnte. Ich möchte in einem schönen Haus leben, der von einem großen Garten umgeben ist. Mein Herrchen und mein Frauchen sollten immer gut zu mir sein und lange

Spaziergänge mit mir machen. Und der Futternapf müsste immer gut gefüllt sein. Aber da ist noch etwas anderes."

Die Fee blickt mich fragend an. „Und weiter?" Ich fahre fort. „Ein Hundeleben mag zuweilen zwar hart und entbehrungsreich sein, aber es ist auch spannend und erfüllend. Ich möchte einmal dieses Gefühl des Glücks spüren, einem Hasen oder einem Fasan nachzuhetzen. Ich möchte in einem Mauseloch buddeln und die Welt um mich vergessen. Hunde sind frei und unabhängig. Als Hund müsste ich nicht zur Arbeit. Ich müsste keine Rechnungen bezahlen und kein Geld an das Finanzamt überweisen. Ich müsste nicht mit dem Auto fahren, im Stau stehen oder einen Parkplatz suchen."

Die Fee schaut mich nachdenklich an. „All das sind gute Gründe. Jetzt kann ich deine Wahl besser verstehen."

Und ich füge hinzu: „Ein Hund ist treu und niemals falsch. Er lügt und betrügt nicht, er ist nicht nachtragend. Er ist der beste Freund des Menschen. Das ist erstrebenswert."

Die Fee lächelt und sagt: „Eigentlich keine so schlechte Idee, ein Hund zu sein. Das werde ich mir merken. Wären alle Menschen Hunde, dann wäre die Welt um einiges besser."